Selene Mariani
Ellis

Selene Mariani

Ellis

Roman

WALLSTEIN VERLAG

Ich sitze auf einer nackten Matratze. Vor mir steht der Fernseher, es läuft *Aristocats*. Um mich herum gepackte Kisten und der Duft von frischer Farbe.

Ich weiß nicht, dass mein Leben morgen geteilt wird und ich die erste Hälfte wegwerfen muss.

Deutschland, 2019

1

Ich ziehe das Rollo nur zur Hälfte nach oben. So sehe ich, wie jeden Morgen, die Beine der vorbeigehenden Menschen: zweimal Sportschuhe und -hosen im Gleichschritt. Kurz nach ihnen ein Paar hastender langer Beine in Jeans, knapp dahinter kurze, die versuchen mitzuhalten.

Ich öffne das Fenster und höre: »Los, sonst wird die Lehrerin wieder böse!« Die Kinderbeine beschleunigen und stolpern fast. Dann verschwinden alle vier Beine aus meinem Blickfeld.

In den ersten Momenten des Tages nur diesen kleinen Ausschnitt zu sehen, beruhigt mich. Außerdem rätsele ich gern, wie der Rest aussehen könnte. Manchmal bin ich zu neugierig und schaue nach. Doch meist betrachte ich nur Beine und Füße und den Boden, auf dem sie laufen – bevor ich hier einzog, ist mir nie aufgefallen, dass fast alle Fußwege mit Kaugummiresten übersät sind.

2

Da stehen sie alle im Kreis, noch ohne die grünen T-Shirts. Die Arme hängen herunter wie schlaffe Fahnen.

Ich möchte wieder umdrehen, doch: »Moin, Ellis!«

Unter meinen Achseln wird es heiß und klebrig. Auch meine Füße fühlen sich an, als müsste ich sie vom Boden ziehen, immer wieder.

Als ich ankomme, grüße ich ohne Blickkontakt. Der Kreis öffnet sich ganz leicht, ich bleibe trotzdem außerhalb stehen, wünschte, ich hätte einen Kaffee oder eine Zigarette in der Hand, so wie die anderen, oder sogar, wie die neben mir, einen Energydrink. Der billige Parfümgeruch ist in jeder Pause zu riechen. Alle außer mir nutzen den Vorrat, der hinter unserem Aufsteller versteckt ist.

»Was hast du am Wochenende gemacht?«

Aus meinem Mund unbeholfene Worte: »Dieses … äh … ich weiß nicht mehr …«

Erst später, nachdem ich mein Arbeits-T-Shirt übergezogen und mich in Position begeben habe, fällt es mir wieder ein.

Ich sitze auf dem Sitzsack in der Ecke. Aus meinem winzigen blauen Happy-Meal-Radio tönen immer wieder die gleichen dreißig Sekunden eines No-Angels-Songs. Ich kenne nur die dreißig Sekunden, ich kenne sonst gar keine Musik, nur die Namen, und ich weiß nie, wo der Vorname endet und der Nachname beginnt: Pritneysbiers, Maikeldscheksn.

Die anderen sitzen schon im Stuhlkreis und reden über Serien, die ich auch nicht kenne, weil wir keinen Fernseher haben.

In den Ferien hat Filo mich überredet, mit ihr zum Friseur zu gehen und mir auch die Haare dauerglätten zu lassen.

»In der Schule sind dann alle beeindruckt«, hat sie gesagt und sich dann schnell übers Gesicht gewischt, so wie immer seit unserem Umzug nach Deutschland.

»Wie angeklatscht«, kichert Ben.

»Fettig«, sagt eine aus seiner Gang.

Wie konnte ich nur auf meine Großmutter hören?

Die Lehrerin kommt ins Zimmer. Ich mache das Radio aus und setze mich neben sie.

»Hat Ellis nicht eine wunderbare Frisur?«, fragt sie in die Runde.

Alle schauen weg.

»Wer hat dir die denn gemacht?«

Ich schaue sie auch nicht an, ich wünschte, sie würde nichts sagen oder wenigstens etwas Negatives.

»Blümers Liebling«, werden sie später sagen. »Schleimst dich bei allen ein wie eine widerliche Nacktschnecke.«

3

Zum dritten Mal ziehe ich die Schuhe an, dann wieder aus. Wozu jetzt diese Kleinigkeiten besorgen? Wieso nicht einfach morgen?

Ich setze mich wieder auf das Küchensofa, sehe auf die Uhr. Vierzehn Uhr.

Als ich das nächste Mal nachsehe, ist es um drei. Was tun andere Menschen, wenn sie frei haben? Sie treffen Freunde, haben Sex, gehen einkaufen.

Ich ziehe doch die Schuhe an, gehe sinnlose Kleinigkeiten besorgen.

Als ich zurückkomme, ist es sechzehn Uhr. Zwei Stunden noch, dann kann ich anfangen, mir ein Abendessen zuzubereiten, die halbe Zucchini mit einer halben Handvoll Reis, dazu einen Film ansehen. Morgen wieder früh aufstehen, mit hundert Fremden sprechen.

»Ellis! Los jetzt! Sonst kommst du wieder zu spät!«

Mama schiebt mir den Ranzen auf den Rücken, zieht den Reißverschluss meiner Jacke zu und öffnet die Tür.

Ich beuge mich hinunter, um meine Schnürsenkelschleifen zwischen den Fingern zu zwirbeln.

»Los!«, wiederholt sie. »Ich habe keine Zeit, diese Woche schon wieder zum Elterngespräch zu gehen!«

Sie schiebt mich hinaus ins blendende Licht, ich laufe los, die eine Hand vor dem Gesicht, die andere zur Faust geballt.

An der nächsten Ecke zieht mich etwas nach hinten, ich stolpere, dann werde ich durchgeschüttelt.

Meine Zähne stoßen aufeinander, immer wieder.

Ich schließe die Augen.

Das Gewicht an meinem Rücken verschwindet und mit ihm das Schütteln.

Dafür jetzt ein paar Tritte in die Kniekehlen.

Ich stelle mir vor, dass ich eine Statue bin, die Füße fest auf dem Boden.

Jetzt Tritte von vorn, in den Bauch. Ich mache kein Geräusch, bis sie aufhören.

Ich öffne die Augen und sehe ihnen nach.

Fröhlich auf und ab wippende Rucksäcke, Richtung Schule laufen sie, reden laut über die Unterrichtsstunden, die sie heute vor sich haben, scheinen schon vergessen zu haben, was gerade passiert ist. Nur dasselbe wie jeden Tag seit fast einem Jahr.

Ich lasse mich auf die Bordsteinkante sinken, lege den Kopf auf die Knie, warte, bis mein Atem zurückkommt. Dann suche ich den Ranzen. In einem der umliegenden Gärten muss er sein, wahrscheinlich wieder der mit dem elektrischen Tor, wo man klingeln muss, um hineinzukommen.

4

Es ist erstaunlich – es scheint nur zehn Gesichter zu geben. Dieses habe ich bereits vor ein paar Minuten gesehen, mit blonden Augenbrauen. Jetzt dunkle, aber das gleiche lange Kinn, der gleiche gehetzte Blick.

»Hallo«, sage ich.

Jetzt langsam die Mundwinkel heben.

Ich lasse meine Hand vor ihr schweben, verlockend – bis sie nicht anders kann …

Sie greift zu.

Jetzt sprechen. Der erste Textbaustein, wie damals in der Schulung eingebläut: mit langsamer, weicher Stimme, als hätten wir alle Zeit der Welt.

Darauf achten, dass ich in ihrer Laufrichtung bin. So müsste ihr Körper aktiv werden, um zu entkommen. Und sie hat jetzt das Gefühl, das nicht mehr zu dürfen, nun, da ich mich so über ihren Anblick freue und ihre Hand gedrückt habe, das wäre unhöflich.

Ich halte das Bild der zerfressenen Lunge vor ihr Gesicht, sie fährt mit den Fingerspitzen über die laminierte Oberfläche. Ihre Hände sind rissig von der kalten Luft.

Textbaustein vier: »Wenn Ihr Arzt Ihnen dieses Bild zeigen würde, würden Sie sich Sorgen machen«, sage ich. »Doch was ist mit dem Regenwald?«

Ihre Hand wird immer röter vor Kälte, aber sie zieht sie nicht zurück in den Ärmel.

Ich weiß, was sie antworten wird, als ich sage: »Wir tun was dagegen. Möchten Sie uns unterstützen?«

Schon sind wir am Stehtisch, schon liegt ihre Hand auf dem Vertrag und greift nach dem Stift.

»Ich mache das schon«, sage ich, das Strahlen fällt mir nun besonders leicht. »Sie müssen nur noch unterschreiben.«

Ich blicke ihr hinterher, der dreizehnten von hundert, und da sagen manche, diese Zahl bringe Unglück.

Wieder geradeaus schauen, direkt in die Sonne. Die Augen entspannt offen halten, sonst wirke ich unfreundlich.

Kurz erholen, bevor ich wieder lächle. Die nächsten fünf lasse ich vorbeigehen. Nur ein Gesicht kenne ich nicht. Alle anderen gehören zu den zehn, die immer wiederzukehren scheinen.

Das Wasser vom Regenguss heute Morgen quietscht in meinen Schuhen, während ich auf der Stelle trete. Das ist das Problem an Pausen: Ich fühle wieder etwas. Auch dass mein Hals kratzt, vor Durst hoffentlich, Krankwerden ist nicht. Und mein Magen tut weh, aber das stört mich am wenigsten. Bei Hunger bin ich wacher, konzentrierter.

Ich beginne wieder die Vorbeigehenden zu fokussieren. Mein Strahlen steht in den Startlöchern.

Der mit den senkrechten Falten an den Mundwinkeln will auf keinen Fall spenden.

Die mit den traurigen Augenbrauen vielleicht, aber sie ist schon vorbei.

Da kommt die Nächste, feine Züge, trotz ihrer Zartheit entschlossen –

»Hallo«, sagt sie. Lächelt, greift nach meinen Händen.

Ich warte auf Worte, doch es kommen keine aus meinem Mund.

»Ellis, ich bin's, Grace!«

Dieses Muttermal rechts über der Lippe. Diese feinen Locken, so kurz, dass man die Ohren sehen kann, mit winzigen Ohrläppchen.

»Ich weiß«, sage ich. Sie drückt meine Finger, schaut mich dabei unverwandt an, dann zieht sie mich an sich, Vanilleduft, immer noch. Jetzt stehen wir näher beieinander.

»Ich muss arbeiten«, sage ich.

»Ich auch«, sagt sie und deutet nach vorn, »ich komme später wieder.«

Die Neue trägt einen samtblauen Jogginganzug. Darüber fedrige Kringel, fast so hell wie ihre Haut. Ich habe sie schon den ganzen Tag lang beobachtet, mich gefragt, ob sie die Freundin sein könnte, die ich mir gewünscht habe.

»Sucht euch ein Buch aus«, sagt die Lehrerin.

Ich laufe nach vorn, zum linken Tisch, auf dem die Cornelia-Funke-Bücher liegen.

Die Neue greift nach dem zweiten, ich nach dem dritten Band der *Wilden Hühner*. Wir sehen uns an.

»War der zweite gut?«, fragt sie.

Ich nicke.

In der Pause stehen wir hintereinander an. Es gibt Gemüsesuppe mit winzigen schwammigen Würfeln. Seit einem Jahr frage ich mich, woraus die bestehen.

Wir setzen uns an denselben Tisch. Den leeren.

»Was sind das für Würfel?«, sagt sie, und: »Ich bin Grace.«

Nach dem Essen gehen wir wieder nach oben. Mit jedem Schritt nähern wir uns dem Klassenzimmergeruch. Ben und seine Gang trampeln hinter uns die Treppe hoch, aber ich höre Grace' Atem lauter hinter mir.

5

»Wie fangen wir an?«, fragt Grace. »Wo?«

Sie hat einen Spaziergang vorgeschlagen, sie will irgendwohin, irgendwo lang. Es ist anstrengend, sie gleichzeitig anzusehen, ihr zuzuhören, nachzudenken und zu erahnen, ob sie sich gleich nach rechts oder nach links wenden wird. Ich stoße mit dem Arm gegen ihren.

»Entschuldige«, sage ich.

»Was?«

Ich antworte nicht, sie hat nichts gemerkt.

»Vielleicht versuchen wir einfach das Unmögliche«, sagt Grace. »Die letzten zehn Jahre in einem Satz zusammenfassen.«

Plötzlich biegt sie ab, und ich laufe fast in sie hinein. Da erst merke ich, dass neben mir ein kleiner Weg nach unten führt, zum Fluss vermutlich.

»Du fängst an«, sagt Grace.

Du fängst an, das sagte sie schon damals, und ich fing an, ohne Frage, egal, was es war, egal, wie viel Angst ich hatte.

»Nach dem Abitur bin ich ausgezogen«, sage ich. Meine Stimme klingt so zittrig, als sollte ich jemandem etwas vorsingen, atemlos und ängstlich. Das ist doch albern, denke ich und zwinge mich weiterzusprechen: »Ich habe mit dem Studium angefangen …«

»So etwas meine ich nicht«, sagt Grace und bleibt stehen. Sie lächelt ungeduldig. Nur sie kann ungeduldig lächeln, konnte es – und kann es anscheinend immer noch.

Ich senke den Blick, schiebe mit dem Fuß einen Stock hin und her, trete dann darauf und höre, wie er knackt.

Dann weiche ich ein paar Schritte zurück und schaue sie an. »Ich habe mich unter Druck gesetzt bis zum Abitur, mich dann mühsam davon erholt, mit meiner Mutter gestritten, weil ich es nicht mehr aushielt, dass sie jeden Abend aufrecht in ihrem Bett saß und wartete, bis sie meinen Schlüssel im Schloss hörte.«

»Deine Mutter«, murmelt Grace. »Manche Dinge ändern sich nie.«

»Ich zog also aus, fing dann an mit dem Anglistik-Studium und traf meinen ersten Freund, der irgendwann auf unbestimmte Zeit nach Kanada ging – im Nachhinein erfuhr ich, dass das schon lange geplant war.«

»Klingt ja wunderbar«, sagt Grace. Ihr Lächeln wandert bis in ihre Augenwinkel hinein.

»Seit einem Jahr arbeite ich als Promoterin für NGOs. Das bedeutet: Ich mache Menschen ein schlechtes Gewissen, das sie dann versuchen mit Geld zu beruhigen.«

»Das war ein ganz schön langer Satz«, sagt Grace. »Aber ich lass es mal gelten. Bin ich jetzt dran?«

Sie pustet sich eine ihrer Locken aus dem Auge und spricht weiter: »Ich habe mich verliebt, oft und jedes Mal unsterblich …«

Ich muss lächeln. »Manche Dinge ändern sich nie.«

»… und jedes Mal war es dann doch nichts«, fährt sie fort, mit Blick nach vorn. »Wie du bin ich so schnell wie möglich von zu Hause ausgezogen. Ich wollte nicht mehr dabei zusehen, wie meine Mutter sich mit Alkohol davon ablenkte, dass sie keinen Job hatte. Ich ging zu Jonas, in den ich zu der Zeit verliebt war, wir arbeiteten in derselben Bar. Später musste ich weg von ihm und allem …« Sie hielt inne. »Ich schaff's nicht in drei Sätzen.«

»Das ist okay«, sage ich. Wir laufen langsam weiter.

Grace überlegt, dann sagt sie: »Ich tanze jetzt wieder.« Jetzt schaut sie mich an.

»An unserer alten Schule?«

»Ja«, sie lächelt. »Und ich arbeite in einem Elterncafé. Aber nur, bis ich berühmte Tänzerin werde.«

»Bist du wieder verliebt?«, frage ich.

Grace pustet wieder eine Locke aus dem Auge. »Nein, und ich glaube, das ist ein gutes Zeichen.«

Wir bleiben am Fluss stehen, schauen auf vorbeischwimmende Blätter.

»Kalt für April, oder?«, sagt Grace. Sie steht vor mir, und jetzt tauchen ihre Hände auf ihren Schultern auf, als würde sie umarmt.

»Wie Winter«, erwidere ich.

Seit Tagen schleiche ich über den Hausflur zur Nachbarstür und starre es an, das neue Schild: »Hier wohnen Greta und Sigune.« »Das Mädchen ist so alt wie du«, hat Mama gesagt.

Sie sind schon am Sonntag eingezogen, aber ich habe sie noch nicht gesehen, nur gehört, am Montag, als das Mädchen in die Schule ging, viel früher als ich. Vielleicht war sie aufgeregt. Ich stelle mir Greta vor, ängstliche Augen, die aufleuchten, wenn sie mich ansieht. Und ich sage, alles wird gut, du wirst dich daran gewöhnen, keine Sorge, ich helfe dir.

Gleich treffe ich sie vielleicht zum ersten Mal – es ist mein Geburtstag, und ich habe ihr eine Karte in den Briefkasten gesteckt.

Ich packe weiter Geschenke aus, Mama sieht zu. Zwischendrin springe ich immer wieder auf, um die Musik noch etwas leiser zu machen.

Irgendwann ist es fast still.

Ich umarme Mama nach jedem Geschenk, ich umarme sie sowieso sehr oft, seit wir hier sind, weil sie so durchsichtig aussieht, dass ich mich immer wieder vergewissern muss, dass sie noch da ist.

Das letzte Päckchen, das Mama mir gibt, ist länglich, unordentlich in dunkelblaues Papier eingepackt, ohne Schleife.

»Du kannst es auch später allein aufmachen«, sagt sie. Ihre Stirn faltet sich zusammen wie ein Akkordeon.

Ich ziehe vorsichtig das Klebeband ab und versuche vergeblich, das Papier glattzustreichen, bevor ich mir den Inhalt ansehe. Blauer Stoff zwischen meinen Fingern, ich schüttele ihn, bis ich sehe, dass es ein viel zu großes T-Shirt ist, links auf

Brusthöhe eine Italienflagge. Ich drehe es um und lese hinten über der großen Ziffer 9: »TONI«.

»Was sollst du denn damit«, sagt Mama kopfschüttelnd.

»Was ist das?«, frage ich und sehe wieder auf die Italienflagge.

»Ich werd ihm sagen, dass du das nicht brauchst.«

»Was ist das?«, wiederhole ich.

»In den nächsten Ferien seht ihr euch. Da kannst du ihn fragen.«

»Wo ist er jetzt?«

»Pack doch noch deine restlichen Geschenke aus.«

»Das war das letzte.«

Wir schweigen. Mama starrt aus dem Fenster hinter mir. Am liebsten würde ich vor ihren Augen herumwedeln, doch dann würde sie sich vielleicht auflösen wie der Rauch von den Geburtstagskerzen.

Ich knete das T-Shirt in meiner Hand.

Dann endlich klingelt es.

Ich eile zur Tür.

Die Neue aus meiner Klasse steht vor mir. Wie kann das sein – ich hatte mich nicht getraut, sie einzuladen.

»Hallo, Nachbarin«, sagt sie.

Mir wird warm bis in die Zehenspitzen. »Ach, *du* bist Greta?«

»Grace. Nur Mama nennt mich Greta.«

Später liegen Grace und ich wie Raupen in unseren Schlafsack-Kokons. Das Mondlicht trifft genau auf meine Augenlider, wenn ich mich nach rechts drehe, wo Grace liegt.

»Schläfst du?«, flüstert sie.

»Nein, du?«

Es raschelt, und plötzlich ist ihre Hand an meiner Wange. »Mach die Augen zu.«

Dann fährt sie mit den Fingerspitzen über meine Wangenknochen, mein Kinn und über den Nasenrücken, am Schluss fährt sie meine Oberlippe entlang.

6

In den nächsten Tagen bin ich fahrig. Ich spreche Menschen an und vergesse mein Strahlen oder lächle, ohne etwas zu sagen. Ich mache Überstunden, mehrere davon im Regen, und habe keinen Erfolg.

Nach der Arbeit laufe ich in dieselbe Richtung wie Grace vor ein paar Tagen, bis ich es gefunden habe – das Elterncafé.

Ich blicke durch das Fenster und versuche, durch mein Spiegelbild hindurchzusehen.

Grace sitzt schon da, die Hälfte ihres Gesichts durch ein Modemagazin verdeckt. Eine Weile beobachte ich sie von draußen – wie sie Seite für Seite umblättert und zwischendrin manchmal energisch mit dem Zeigefinger unter ihrer Nasenspitze entlangfährt. Ich habe das früher auch gemacht, in der Hoffnung, meine Nase könnte sich so in eine Stupsnase verwandeln wie die ihre.

»Jennifer Aniston magst du also immer noch?«

Grace dreht ihren Kopf zu mir, dabei bildet ihr Hals Falten, ungewöhnlich viele im Vergleich zu anderen Menschen. Auch wenn sie das Kinn leicht nach unten drückt, schiebt sich ihr Hals so zusammen.

Früher war das schon so. Grace sagte immer: »Das kann ja was werden. Ich sehe jetzt schon aus wie meine Oma.«

Und ich sagte: »Wir können gerne tauschen.« Und schaute auf ihre zarte, helle Haut.

Die Kellnerin kommt mit unseren Getränken, stolpert dabei beinahe über ein Kind, das vor ihren Füßen einen Bauklotz entdeckt hat.

»Fällst du hier nicht dauernd hin und verschüttest alles?«, frage ich.

»Man gewöhnt sich dran«, sagt Grace.

Das Kind setzt den Bauklotz auf seinen eben gebauten Turm, er fällt in sich zusammen, es heult auf.

»Auch an den Lärm?«

Grace schaut überrascht von ihrer Kaffeetasse hoch. »Welchen Lärm?«

Mein Vater hat mir eine Tasche geschenkt. Weiches Leder mit einer riesigen Sonnenblume darauf. Die Sachen, die ich dazu trage, wirken plötzlich anders auf mich – irgendwie auch neu.

Als ich ins Klassenzimmer komme, sind die meisten anderen schon da. Sie lungern auf den Tischen herum wie gelangweilte Äffchen.

Ich schiebe die Tasche auf meinen Rücken, doch Bens Gang kichert schon.

»Sehr schick«, sagt Ben, der hinter mir ins Zimmer kommt und mich fest in den Arm kneift, bis es in meinen Augen brennt wie beim Zwiebelschneiden.

»Peinlich«, sagt Grace.

Ich schaue auf. Grace steht neben Ben.

In mir zittert alles. Ich springe nach vorn. »Was hast du gesagt?«

»Nichts«, sagt sie.

Alle anderen stehen hinter ihr. Ich brauche nicht hinter mich zu sehen, ich spüre die Leere, wie wenn Mama morgens Durchzug macht.

Plötzlich ist da ein Striemen unter Grace' Auge. Er zieht sich lang nach unten, tropft rotebeetefarben auf ihr Shirt.

»Spinnst du?«, kreischt sie.

»Du hast sie gekratzt«, sagt jemand.

»Geschlagen«, ruft eine andere.

Ich schaue auf meine Hand. Sie sieht aus wie immer.

Auf Zehenspitzen husche ich aus der Wohnung. Ich trage nur die dicken Ringelsocken, ein Weihnachtsgeschenk von Grace' Mutter, selbst gestrickt. Es ist mir egal, dass sie dreckig werden, ich bin damit jeden Tag durch den Hausflur gelaufen. Doch ab morgen werde ich das nicht mehr tun.

Als ich vor ihrer Tür stehe, zögere ich.

Ich muss es schnell machen, sonst öffnet vielleicht jemand die Tür, und dann könnte ich es nicht, ich könnte ihr den Brief nicht in die Hand drücken. Ich würde ihn hinten in meine Jeanstasche stopfen und sagen, ich wollte nur mal kurz fragen, was abgeht, und dann müsste ich noch einen Tag zittern und vor Bauchschmerzen mein Morgenmüsli nicht runterkriegen.

Den Brief habe ich mit meiner Mutter geschrieben, gestern Abend. Zwei Stunden haben wir gebraucht und fünf Blätter, ins Reine geschrieben waren es zwei, vorne und hinten beschrieben. Mama hat ihn noch mal durchgelesen und mir versichert, dass er gut formuliert ist, dass ich überall darauf geachtet habe, nur Ich-Botschaften zu verwenden.

Ich lege ihn auf die Fußmatte. Klein sieht er aus. Ein kleines weißes Rechteck auf der Grinsekatze, der auf der einen Seite bereits alle Schnurrhaare fehlen, weil ich mit dem rechten Fuß immer stärker scharre und Grace auch.

Ich gehe rückwärts zurück, sehe zu, wie er kleiner wird.

Dann erinnere ich mich, dass ich klingeln wollte. Ich drücke einmal kurz, dann renne ich zurück und ziehe vorsichtig die Tür hinter mir zu.

Ich höre, wie gegenüber geöffnet wird, wie Stoff raschelt, als sich jemand bückt. Ist sie es? Oder ihre Mutter? Mein Herz klopft.

Am nächsten Tag in der Schule hält Grace den Brief in der Hand. Alle stehen um sie herum und starren mich an.

»Sie hat dir die Freundschaft gekündigt?«, sagt eine und lacht wie eine Hyäne.

Ja, denke ich, das habe ich.

7

»Komisch, findest du nicht?«

»Was?«, fragt sie.

»Dass wir zusammen hier sitzen, nach all den Jahren.«

»Weißt du noch, als du mir diesen Brief geschrieben hast?« Grace schiebt sich die ganze Brötchenhälfte auf einmal in den Mund. Auf ihren Lippen bleibt keine Marmelade zurück, sie isst gleichzeitig genussvoller und eleganter als die meisten, die ich kenne. Früher habe ich versucht, sie nachzuahmen. Doch egal, wie sehr ich aufpasste, alles, in das ich biss, fiel auseinander, krümelte in mein Unterhemd und auf meinen Rock und verschmierte mir Mundwinkel und Nase.

»Du isst wie ein Kaninchen«, sagte eine aus der Gang einmal. Und Grace –

»Das hat mich ganz schön verletzt«, sagt sie.

»Ich weiß gar nicht mehr, was drinstand«, sage ich.

»Ich glaube, du warst wütend, weil ich mich mit anderen angefreundet hatte. Eins weiß ich noch ganz genau: Du schriebst, ich hätte mich für die andere Seite entschieden.«

Wir lächeln.

»Kinderkram«, sage ich.

»Danach haben wir uns aber wieder zusammengerafft«, sagt Grace nach einer Weile. »Und wir waren zusammen bei Kim – weißt du nicht mehr?«

»Na, Wunderland?«

Grace' Vater nennt mich so, seit er zum ersten Mal meinen Namen gehört hat.

»Wieder mal jemanden Spannendes herumgefahren?«, frage ich im selben Ton und werfe mich neben Grace auf den Rücksitz. Zwischen uns liegen mehrere Tüten Haribo, die mit den Lakritzstücken drin. Ich hasse Lakritz, aber wenn Grace' Vater es mir anbietet, sage ich nie nein.

»Letzte Woche Günther Jauch, Gott, war der mies drauf.«

Ich lache, Grace schließt die Augen und tut so, als schliefe sie. Sie weiß nicht, dass ich das an dem Zucken ihrer Augenlider erkenne.

»So, Mädels, viel Spaß.« Er drückt Grace zwanzig Euro in die Hand, und weg ist er.

Sie schaut auf das Geld. »Was soll ich damit? Die Tickets sind bezahlt.«

»Wir könnten uns was zu trinken kaufen.«

»Bist du verrückt? Wir müssen acht Stunden anstehen.«

»Stimmt.«

Wir laufen zum Eingang. Schon von Weitem können wir erkennen, dass da niemand ist, noch nicht einmal die Security.

»Yes!« Grace hält ihre Hand hoch, ich schlage ein.

Wir lehnen uns lässig ans Metallgitter.

»Wenn ich Raucherin wäre, könnte ich mir jetzt eine Kippe drehen«, sagt Grace. »Ganz entspannt.«

»Lass uns lieber den Schlachtplan durchgehen«, sage ich.

Wir sind an den Securitymännern vorbeigelaufen und haben außer Sichtweite sofort zu rennen angefangen, die anderen, die uns überholen wollten, haben wir mit den Ellenbogen weggehalten, irgendwann fiel Grace' Tasche runter, sie verlangsamte nicht mal, bückte sich nur blitzschnell, dann haben wir es geschafft: Wir stehen in der ersten Reihe, die Hände auf dem kühlen Metall der Stange, die uns von der Bühne trennt. Genau in der Mitte, genau vor dem Mikro.

Wir haben unsere Taschen nach vorn auf unsere Bäuche gehängt, die Jacken um die Hüften. Stolz ziehen wir unsere selbst bedruckten Shirts zurecht und rollen unser Plakat auseinander.

Grace schiebt mir Leuchtarmbänder über den Arm, ihr Gesicht glänzt vor Aufregung.

»Warte nur«, keucht mir plötzlich jemand von hinten ins Ohr. Auf Italienisch. Woher weiß er, dass ich …?

»Du hast mir den Platz weggeschnappt.«

Ich drehe mich nicht um, taste nur nach Grace' Hand.

»Warte nur, bis das Konzert zu Ende ist. Wir sehen uns am Ausgang.«

Mir schießen die Tränen ins Gesicht, Grace' Fuß schnellt nach hinten und dem Flüsterer gegens Schienbein.

Das Keuchen ist nun wortlos und ebbt schließlich ab.

»Sag Bescheid, wenn er dich noch mal nervt«, sagt sie.

Ich blicke in ihr leuchtendes Gesicht und nicke.

»Bon voyage«, sagt Grace.

Das Licht geht aus, wir fangen an zu schreien: »Kim!«, immer wieder.

8

Ich rutsche in Socken auf dem Parkett hin und her, während ich warte. Ich sehe auf die große Uhr über der Tür: vierzehn Uhr.

»Manchmal überzieht sie«, hat Grace gesagt, aber nicht, wie lange.

Drinnen schweben sie gerade zum *Tanz der Zuckerfee* durch den Raum. Ich merke plötzlich, dass ich mir Grace wie früher vorstelle: ihre blonden Locken glattgezogen und in einen kleinen Dutt gebunden, weißer Body, weiße Strumpfhose.

Aus dem Raum tönt jetzt *What the World Needs Now Is Love*, und plötzlich fällt meinen Füßen die Choreografie wieder ein.

Ich schließe die Augen und wirbele durch den leeren Flur, bis ich beinahe über die Schuhe stolpere, die alle neben der Tür stehen gelassen haben.

Die Tür geht auf, Grace und die anderen strömen heraus, rotwangig und pulsierend. Kurz fühle ich mich fast wie eine von ihnen.

»Und jetzt in die Diagonale.«

What the World Needs Now Is Love ertönt aus den großen Boxen in den Ecken.

Alle Mädchen sind schon in die eine Ecke des Raumes gegangen, stellen sich in Zweierreihen auf. Ich eile hinterher.

Die Tanzlehrerin tanzt vor, ein Schritt, ein Sprung, dann etwas, das fast wie ein Handstand aussieht. Aus der diagonal gegenüberliegenden Ecke des Raumes dreht sie sich zu uns um.

»Nehmt euch Zeit«, sagt sie und zählt mit ihrem Kopfnicken die erste Zweiergruppe ein.

Grace zieht mich nach vorn, in die dritte Reihe, jetzt haben die Ersten schon begonnen, ich habe den Sprung verpasst – was macht man da mit den Beinen –, und schon hat die Gruppe vor uns begonnen zu tanzen, ich weiche zurück, Grace steht schräg vor mir, die Brust nach vorn gedrückt, die Augen ruhig auf der Tanzlehrerin. Die Hände bereit, sich fließend nach oben zu bewegen. Dann tanzt sie, ich immer kurz nach ihr, den Kopf verdreht, beim Handstand drückt sich mein Körper so abrupt nach oben, dass ich meine, etwas in meinem Oberschenkel reißen zu spüren.

»Keine Sorge«, sagt die Tanzlehrerin später.

Sie sitzt vorn, wir beugen uns über unsere ausgestreckten Beine, in meinem Bein brennt es immer noch, und das, obwohl mein Oberkörper nicht einmal in die Nähe davon kommt.

Ich hebe leicht den Kopf und sehe, dass die Tanzlehrerin mit mir spricht.

»Als ich angefangen habe, war ich auch völlig steif. Ich dachte, jemals einen Spagat zu schaffen, wäre unmöglich.« Sie schiebt ihre Beine scherenförmig auseinander, als wäre es das Leichteste der Welt.

Ich sehe auf ihre Hände, ich mag die grünlichen Adern, die dicke, silberne Uhr um ihr kräftiges Handgelenk. Meine Finger krallen sich in meine Knie, schmal, blass.

Grace liegt neben mir, mit der Stirn auf ihren Beinen. Sie hat die Augen geschlossen und umarmt ihre Füße mit den Händen. Als sie spürt, dass ich sie ansehe, zwinkert sie mir aufmunternd zu. Ich atme aus und komme meinen Oberschenkeln ein kleines Stückchen näher.

»Was ist denn nur los mit dir?«, fragt Mama.

»Was soll denn los sein?«, frage ich und schiebe den noch halb gefrorenen Backfisch auf meinem Teller hin und her.

»Schmeckt's dir nicht?«, fragt Mama, und sofort stehen ihre Augenbrauen traurig zusammen.

»Wie kommst du denn darauf, dass etwas los ist?«, frage ich schnell und stopfe mir ein paar Stücke Fisch in den Mund – zumindest am Rand ist er essbar.

»Deine Klassenlehrerin hat angerufen. Sie sagt, du kommst wieder dauernd zu spät. Sie macht sich Sorgen, dass du es nicht ins Gymnasium schaffst.«

Ich zucke mit den Schultern.

Am Abend klopft es an meiner Zimmertür. Mama steht davor, neben ihr Grace.

»Was soll das?«, frage ich.

Mama lächelt wie nach einer gelungenen Geburtstagsüberraschung und schließt die Zimmertür hinter sich.

»Deine Mutter meinte, dir tut das mit dem Brief leid«, sagt Grace. »Dass es ihre Idee war.«

Ich schüttele den Kopf.

»Jedenfalls wollte ich sagen – wenn du willst, können wir wieder zusammen zur Schule gehen.«

Ich möchte Nein sagen, aber gleichzeitig spüre ich die Erleichterung warm in der Brust.

Am nächsten Morgen steht Grace vor meiner Wohnungstür.

Und als später Ben und die anderen in der Pause zu meinem Tisch schlendern, kommt Grace und stellt ihr Tablett krachend neben meins: »Habt ihr nichts Besseres zu tun?«

9

»Das nächste Mal wenn ich zu Hause bin, gehe ich die alten Kartons durch«, sagt Grace.

»Zu Hause?«, frage ich.

Wir sitzen in Grace' WG-Küche, jeder Zentimeter der Wand voll mit Fotos. An der Decke hängen alte Geburtstagsgirlanden, Spinnen haben dazwischen neue gezogen.

»Bei meiner Mutter«, sagt Grace. »Du hast doch bestimmt auch noch so etwas – was ist mit deinem alten Freundebuch, dem mit den Stoffflicken?«

»Keine Ahnung, wo das ist«, sage ich.

»Bestimmt in deinem alten Zimmer.«

»Ich habe keins. Meine Mutter wohnt in einem Einzimmerapartment. Dafür hat sie vor ein paar Jahren ordentlich ausgemistet.«

Grace sieht mich an, als könne sie sich das kaum vorstellen: »Alles, was du besitzt, ist also in deiner Wohnung? Das muss ich sehen.«

Ich habe eine Zuckertüte bekommen. Danach musste ich in lauter Kameras schauen, wusste nicht, wie ich lächeln sollte.

Auch jetzt bin ich unsicher. An dem langen Tisch sind viele Leute, die meisten sind mir fremd, alle sprechen deutsch, mein Vater, meine beste Freundin Chiara und meine italienischen Großeltern fehlen.

Meine Mutter drückt sanft meine Schultern nach hinten, dann nach unten, bis ich auf einem Stuhl sitze.

Vor mir der Zitronenkuchen. Mamas erster.

Ihre Hand, die ihn schneidet, zittert.

Sie schiebt den Tortenheber darunter, nur die äußere Hälfte des Kuchenstücks kommt mit, der Rest bleibt in der Mitte, eine teigige Masse.

»Er ist nicht durch«, sagt sie.

Sie läuft jetzt schnell zu den anderen Kuchen, schneidet einen nach dem anderen an, erleichtert.

Ich esse das Stück Zitronenkuchen, nehme mir auch die teigige, saftige Mitte. Sie ist das Beste daran.

10

»Wie wäre es, wenn ich dich übernächstes Wochenende endlich mal in deiner Wohnung besuche? Oder gibt es einen Grund dafür, dass du mich noch nie eingeladen hast?«, fragt Mama.

»Da fahre ich doch nach Italien«, erinnere ich sie.

»Ach, richtig«, sagt Mama. Ich merke, dass ich wieder die andere Stimme erwartet habe, die feste, ohne diesen Unterton von Gehetztheit, als stünde sie gerade mit vollen Einkaufstüten vor der Tür und suchte nach ihrem Schlüssel.

Dabei sitzt Mama mit ihrem Telefon auf der Terrasse, ihre Kaffeetasse in der Hand, genau wie ich. Um diese Zeit scheint ihr die Sonne auf die Beine, mir ins Gesicht. Sie wackelt mit den nackten Zehen, während ich meine in zwei Decken einwickele.

»Schön warm heute«, sagt sie.

»Für dich«, sage ich, wie immer.

Pause. Ich weiß, welche Frage sie enthält.

»Papa kommt auch. Für ein paar Tage, mit Familie.«

»Ah ja«, sagt sie. Wieder einmal klingt sie überrascht: Eine Familie soll er haben, eine neue?

Dabei sind es inzwischen fünfzehn Jahre.

Ich steige aus dem Zug aus. Es kommt mir vor, als wäre ich nicht vierzehn Stunden, sondern mindestens vierzehn Tage unterwegs gewesen, mein Körper schmerzt, meine Augen fallen immer wieder zu.

In ein paar Metern muss ich Italien und meinen Vater vergessen haben, das weiß ich, ich sehe auf meine Füße, konzentriere mich darauf, sie genau zwischen die Linien im Fußbodenmuster zu setzen.

Gleich muss ich hochschauen, Mama begrüßen, ich muss …

Da plötzlich Vanilleduft und weiche Arme, die mich umschlingen, ein Pullover wie die Kuscheldecke auf meinem Bett.

»Willkommen zurück«, sagt Grace.

Ich atme aus, löse mich von ihr, gehe auf Mama zu, die mir noch durchsichtiger erscheint als sonst, umarme sie. Meine Haare riechen immer noch nach Vanille. Ich konzentriere mich darauf.

Wir laufen nach Hause, in der einen Hand halte ich die von Mama, in der anderen die von Grace.

»Wie ist das heute für dich mit Italien?«

»Was meinst du?«

»Ich hatte damals immer den Eindruck, du warst mit einem Bein noch dort.«

»Ach, wirklich? Dann war das Bein wohl taub, denn ich habe es nicht gemerkt. Nur dass irgendetwas unbequem war.«

Wir lachen. Heute habe ich frei und trotzdem noch kein einziges Mal auf die Uhr gesehen. Wir sitzen in meiner Küche, in der kaum benutzten Espressokanne für zwei kocht der Kaffee nach oben.

Grace' Blick wandert über die kahlen Wände, das fast leere Gewürzregal.

»Wie lange lebst du schon hier?«

»Fünf Jahre.« Ich denke an Grace' WG-Küche und frage mich, ob das, was ich in den letzten Jahren hier getan habe, als Leben bezeichnet werden kann.

»Meine Freunde aus dem Studium sind alle weggezogen, nach und nach«, sage ich.

Grace schaut mich überrascht an, sie weiß ja nicht, dass ich mich vor den vielen Bildern in ihrer Küche rechtfertige.

Dann sagt sie: »Das kenne ich. Bei mir sind es auch immer neue Menschen, die dazukommen. Niemand, der mich schon lange kennt …«

Mit meinem Blick fahre ich ihre Nasenspitze entlang wie eine Skipiste, springe ab und lande in der Kaffeetasse vor ihr, sehe zu, wie feiner Dampf nach oben steigt.

Wir schweigen, ein bisschen wie ein altes Ehepaar, schlürfen unseren Kaffee.

»Ist das nicht die Sängerin, die du mir damals gezeigt hast?«, sagt Grace plötzlich.

Ich halte mit der Kanne in der Hand inne. Aus dem Radio tönt ganz leise die Stimme von Gianna Nannini.

Ich drehe mich zu Grace um.

»Ja«, sage ich, und: »Ich habe eine Idee.«

»Was hörst du da?«, fragt Grace.

»Gianna Nannini.«

»Was?«

»Eine italienische Sängerin.«

Grace' Augen leuchten auf. »Stimmt, manchmal vergesse ich, dass du Italienerin bist!«

Ich stecke die CD in ihre Hülle und schiebe sie zurück in Chiaras Päckchen.

»Halb«, sage ich dann. »Halbitalienerin.«

»Egal«, sagt Grace. »Italien ist toll. Ich wäre auch gern von dort.«

»Du warst doch noch nie da.«

»Nein, aber irgendwann fahre ich hin. Mit dir!«

Ich versuche mir das vorzustellen – ich kann es nicht. Grace' Gesicht verschwimmt und taucht erst wieder auf, als ich aufgebe.

»Komm schon, weiter«, drängt Grace. Ihre verschwitzte Hand krallt sich in meine Schulter und versucht zu schieben.

»Ich versuch's ja!«

Vor mir, um mich herum – überall atmet jemand, lacht, hebt die Arme, zu laut, zu nah.

Genau deshalb verlasse ich an Silvester nie das Haus. Wieso habe ich mich überreden lassen?

»Lass mich mal.« Grace hält den Ellenbogen vor, ich folge ihr. Die Wand vor uns tut sich auf.

»Vorsatz fürs neue Jahr«, ruft Grace und dreht sich zu mir um, »egoistischer werden!«

Schließlich bleiben wir stehen, wir können das Feuer auf der Mitte des Marktplatzes nun fast erkennen, zumindest den Rauch, der darüber aufsteigt.

Dieci, nove, otto … Der riesige Körper, dessen Teil wir nun sind, atmet ein und schreit die Zahlen in einem Takt. »Stopp«, will ich rufen, ich weiß nicht einmal, wo genau ich hier bin.

Doch sie sind schon längst bei null angekommen. Arme werden nach oben gestreckt, ich sehe meinen zu, auch sie sind da oben, auch ich weine, lache, schreie und denke plötzlich: Ich bin zu Hause.

Dann spüre ich Stoff an den Fingern, ich sehe hoch und nicht mehr den schwarzen Himmel mit bunten Formen, die sich explodierend darin ergießen. Stattdessen einen Fleck an meiner Zimmerdecke – eine Mücke, vor zwei Sommern mit meiner Sandale erschlagen: Ich habe geträumt.

Ich sitze im Flieger, Grace zehn Reihen hinter mir.

Neben mir eine Frau, die eine Perlenkette hält wie einen Rosenkranz. Beim Abheben halte ich ihre Hand, sie jammert vor sich hin.

Ich hingegen versuche, nicht erleichtert zu lächeln: Je mehr Abstand wir zur Erde gewinnen, desto klarer und geordneter sieht alles aus. Die Häuser und Zäune mit ihren perfekten rechten Winkeln, die Flüsse wie ungekräuseltes Geschenkband, die Straßen und Felder wie ausradierte Linien und Quadrate.

Plötzlich möchte ich den Gurt öffnen und mich an der Frau mit der Perlenkette vorbeidrücken. Ich möchte zu Grace gehen, sie umarmen.

Es klingelt zur Pause.

Ich stehe auf, Grace nicht.

»Ich hab keinen Hunger«, sagt sie.

»Seit wann das denn?«, frage ich.

Sie zuckt mit den Schultern.

Ich gehe allein nach unten, so schnell ich kann. In der Schlange steht noch niemand, den ich kenne. Ich lasse mir meine Zöpfe ins Gesicht fallen, nehme ein Tablett und stelle mich an. Immer wieder schaue ich durch mein Haar hindurch und kontrolliere, wer die Treppe herunterkommt.

Endlich sitze ich am großen Tisch, mir gegenüber die Lehrerin, immerhin.

Ich schaue auf meinen Teller. Gnocchi. Knotschis, sagen sie hier. Grau, mit einer Soße, die dünner ist als Tomatensaft. Ich lege den ersten gnocco in meinen Mund, entschließe mich dazu, beides zusammen zu essen, die kalte ketchupartige Soße und den wabbeligen Klumpen, der kein bisschen nach Kartoffel schmeckt.

Plötzlich zerrt etwas an beiden Seiten meines Kopfes, zieht meine Kopfhaut über den Ohren weg.

»Na, schmeckt's nicht?«

Ich spüre, wie mein ganzes Gesicht heiß wird, auch hier reicht die Haut nicht mehr, gleich wird meine Nase aufplatzen, ich sehe die Lehrerin an, sie lacht und sagt: »Ach, Ben, lass das doch.«

»Du bist jetzt in Deutschland«, flüstert er in mein Ohr.

Aus dem Augenwinkel sehe ich Grace, sie sitzt drüben, bei den anderen, schaut auf ihren Teller.

Meine Zöpfe fallen zurück ins Gesicht, länger als vorher, hängen sie in die grauen Nudeln, ich warte aufs nächste Klingeln.

14

Endlich: der Duft von muschio bianco.

Widerwillig löse ich mein Gesicht von Filos parfümiertem Hals, mache die typische Handbewegung. »Filo, questa è Grace.« – Gre-ise spreche ich es aus, ganz automatisch, weil italienisch. »Grace, meine Oma, Filo, kurz für Filomena.«

Als Filo das Wort »Oma« hört, zuckt sie zusammen. Dann fasst sie sich wieder, geht auf Grace zu, Grace drückt zielsicher Küsse auf beide Wangen.

»Piacere«, sagt sie sogar noch.

»Parli italiano?«

»Un po'.«

»Bene, bene.«

Im Auto sitzt Grace vorne neben Filo, kramt begeistert ihre eingerosteten Italienischkenntnisse hervor.

Ich starre auf ihre Nacken, Grace' glatten, hellen und Filos schildkrötenartigen, braungebrannten. Über letzterem Strähnen rotgefärbten Haares, heute Morgen in einer Schmetterlingsspange zusammengefasst, die nur noch an einer dünnen Strähne hängt und bei jeder Kurve wackelt – so wie immer.

Muschio bianco, auch das Auto duftet danach.

Zu Hause zückt Filo ihr Handy: »Amore? Kommst du kurz zu uns? Die Mädchen sind da.« Sie legt auf und fügt an uns gewandt hinzu: »In letzter Zeit sitzt er fast nur noch unten in der halbdunklen Garage und malt. Er soll meine Bühnenbilder machen, aber stattdessen malt er Wüstenlandschaften.«

Als nonno ins Zimmer kommt, sitzen Grace und ich mit unseren Espressotassen auf dem einen Sofa, Filo auf dem anderen. Sie hat ihren espresso natürlich innerhalb der ersten dreißig Sekunden geleert, als er noch heiß war.

Ich schaue in Grace' Tasse, in ihrer ist genauso viel wie in meiner, irgendwie stört mich das, ich kippe den Rest in meinen Mund und stelle meine Tasse neben Filos. Dann erst stehe ich auf, um meinen Großvater zu begrüßen.

Er sieht aus wie immer: Augen, die vor Müdigkeit in den Kopf zu sinken scheinen, aber dennoch glitzern, so wie das silberne Armband, das mir mal von der Brücke ins Wasser fiel und ein letztes Mal aufleuchtete, bevor es im Wasser versank.

»Verona è la città di Romeo e Giulietta.« Grace' Finger liest immer noch mit. Sie ist jetzt fast siebzehn, und ihr babyhafter Zeigefinger, der auf dem Blatt herumrutscht wie eine lahme Raupe, ekelt mich.

Außerdem spricht sie das »R« falsch aus. »Vechona«, sagt sie und »Chómeo«.

»Brava«, sagt die Italienischlehrerin. Sie ist begeistert von Grace, nur weil sie gut Dinge auswendig lernen kann. Sie beherrscht die italienische Grammatik, aber die Aussprache wird sie nie können, für solche Feinheiten ist sie taub. Egal, wie sie es versucht, sie wird das »R« nie anders aussprechen als deutsch.

Und die Italienischlehrerin, wann war die eigentlich das letzte Mal in Italien?

Nachts wache ich auf, etwas wie ein Krampf in meiner Brust, um mich herum nur Dunkel, wo bin ich, bin ich blind?

Ich taste mit schweißnassen Händen, bis ich den Schalter der Nachttischlampe finde, dann sehe ich das Holzrollo vorm Fenster, weiß wieder, dass es jegliches Licht abschirmt, dass es dunkel bleibt, bis ich mich entscheide, Licht hereinzulassen.

Und doch weiß ich auch: Ich werde auch morgen Nacht wieder panisch sein, drei Nächte lang mindestens, bis ich mich daran gewöhnt habe.

Die Morgensonne trifft Filos Gesicht durch den Gardinenspalt wie ein Scheinwerfer, beleuchtet die Falten zwischen ihren Augen – zwei große, eine kleine, gewundene dazwischen, die aussieht, als versuchte sie zu vermitteln oder als wüsste sie nicht, zu wem sie gehört.

»Come stai?«, fragt Filo und setzt die Espressotasse ab. Sie reibt sich über die Stirn, die drei Falten verschwinden kurz und tauchen dann wieder auf.

»Bene.«

Ich weiß, sie erwartet ihr jährliches Update, aber mir sind gerade wieder alle Fäden aus den Fingern gerutscht, ich wüsste nicht, wie ich mein Leben zusammenfassen sollte.

»Jetzt bin ich ja hier«, sage ich.

Filo sieht mich an, ich schaue auf die Falten zwischen ihren Augen und überlege, was ich damit sagen wollte.

Grace kommt in die Küche. »Buongiorno«, sagt sie und setzt sich.

»Caffè?«, fragt Filo.

Grace nickt. »Volentieri«, sagt sie. Dann dreht sie sich zu mir: »Du glaubst nicht, was ich für einen Albtraum hatte …«

Ihre Worte jucken mir an Armen und Beinen, ich muss mich anstrengen, trotzdem zuzuhören. Da fällt mir auf, dass ich noch nie Deutsch in dieser Küche gehört habe.

Später sind Filo und nonno bei der Probe. Grace hat sich nach dem Frühstück wieder hingelegt, und ich stromere im Haus herum.

In der dunklen Zimmerecke neben meiner Zimmertür steht ein verschlossener Korb. Früher setzte sich nonno im Schneidersitz dahinter und sagte: »Willst du die Schlange sehen?«

Ich schüttelte den Kopf und sagte: »Ja!«

Und er hob langsam den Deckel. Heraus kam eine sich windende Schlange mit einer langen blutfarbenen Zunge, und ich schrie, bis er den Deckel wieder schloss.

Wenn ich ihn jetzt öffne, sehe ich eine Holzschlange, die man mit einem Schwung des Handgelenks bewegen kann. Ich kann nicht glauben, dass es dieselbe Schlange ist.

Hinter mit alten Schreibmaschinen und Zetteln vollgestopften Regalen versteckt sich Filos Arbeitsecke. Da liegen im Halbdunkel verkrustete Farbtuben, Schwarzweißfotos und staubige Masken, halb bemalt, in einer Ecke flaumiges, grünes Elfenhaar. Daneben ein Stoffhaufen, glitzernde, filzige Kostüme, unter tausend Schichten vielleicht ein Stuhl.

Ich setze mich an ihren Tisch, sehe sie vor mir, wie sie Pinsel in bräunliches Wasser taucht, wie Farbe auf ihre Hose tropft und ihr Ärmel an leimigen Pappfetzen hängen bleibt. Ich sehe, wie sie lächelt, während sie auf ein eben fest gewordenes Gesicht einen Mund zeichnet. Sie lächelt wie Menschen, die Smileys in ihre Handys tippen oder die am Telefon freundlich klingen möchten – ganz automatisch.

Auf dem Tisch liegt eine Wachsdecke mit Notizen darauf wie: »terra d'ombra bruciata per i capelli della principessa« – gebranntes Umbrabraun für die Haare der Prinzessin – oder »Fleecestoff für Milo, kalter Vater«, »Sina, die Stille, bekommt Hauptrolle«.

Früher schon fiel es mir schwer, ihr die Geschichten zu glauben: Das Mädchen, das sich auf der Theaterbühne die Seele aus dem Leib schrie, sollte vorher schüchtern gewesen sein wie ich?

Heute denke ich: Was wäre passiert, hätte ich in Deutschland jemanden gehabt wie sie?

»Vieni«, ruft Filo – komm, schau dir das an.

Ich bin gerade aus der Dusche gestiegen, meine Haut ist angenehm kühl. Widerwillig schlüpfe ich in ein dünnes Kleid. Dann laufe ich durch den Flur zu Filos Schlafzimmer. Aus dem gekippten Fenster höre ich den Nachbarshund bellen, und die Zikaden, immer die Zikaden.

Filo sitzt auf dem Bett, auf ihrem Schoß liegt ein Fotoalbum.

Sie, vierzig Jahre jünger und nackt. Filos venige Schildkrötenhand fährt über das Foto. »Bella, no?«

Ich nicke, spüre Röte von meinem Kinn hoch bis unter meine Augen kriechen.

Filo blättert weiter. »War ich nicht wunderschön?«

Ich nicke erneut und starre auf die Bilder – die junge Filomena auf einem Bett sitzend, von hinten, ihre dunkle Mähne umrahmt von einem celloförmigen hellen Körper, makellos, glatt. Eine junge Frau, die über ihre Schulter guckt, herausfordernd, sich ihrer Ausstrahlung völlig sicher.

Mein Blick wandert vom Foto nach oben zu der wie gebannt darauf starrenden Filo, die sich, ohne es zu merken, immer näher darüber gebeugt hat.

»Ich liebe die italienische Esskultur«, sagt Grace und fährt begeistert mit den Fingern durch ihre Locken. Sie beugt sich
vor, mit großen Augen: »Ich meine, das beste Beispiel ist doch
deine Großmutter … dass sie zu allen einzeln fährt: zu diesem
zahnlosen kleinen Mann auf dem Markt, um ihre tortelloni zu
kaufen, und zur Mozzarellafrau, die die bufala morgens frisch
in die Lake gelegt hat … Dieser große Topf, diese Schöpfkelle,
diese Anmut, mit der sie sie heraushebt und aufs Papier legt …«

»Einziges Beispiel, meinst du wohl«, sage ich und frage mich,
was Grace dazu sagen würde, dass Filo im Restaurant immer
Pommes bestellt.

»Wie bitte?«

Grace lässt ihr bigné al cioccolato sinken. Sie hat darauf be-
standen, in der pasticceria zu frühstücken, ihren espresso hat sie
schon an der bar getrunken, stehend natürlich, wie sie es sich
bei den anderen abgeschaut hat.

Ich kneife die Augen zusammen.

»Kopfschmerzen?«, fragt Grace. Sie schaut mich so besorgt
an, dass ich mich schrecklich fühle.

»Nur ein bisschen«, sage ich ausweichend. »Willst du noch
ein bigné?«

»Wir sind hier ja ganz schön außerhalb«, sagt Grace und blinzelt in die Sonne.

»Außerhalb?«

»Ich dachte, ich sehe ein bisschen mehr von Italien.«

Ich hebe die Brauen.

»Du weißt schon«, sagt sie. »Von der Stadt.«

»Die Stadt ist voller Touris.«

Grace streicht schweigend über das schwarzverfilzte Fell des Streunerkaters, den Filo Giuseppe getauft hat. Dann sieht sie sich um: ein Olivenbaum, Sträucher und ein Zaun, hinter dem der Nachbarsjunge von seiner Mutter angeschrien wird: »Nicht barfuß dort rein – Achtung – lass das doch – basta!«

Grace sieht mich an wie vor ein paar Wochen beim Spaziergang, als sie sagte: Du fängst an.

»Es gibt einen Bus«, sage ich.

Grace strahlt. »Zeigst du mir deine Stadt?«

Plötzlich muss ich an den Moment denken, als Grace die Stimme von Gianna Nannini im Radio wiedererkannte.

»Gerne«, sage ich sofort. Im Kopf wiederhole ich: Deine Stadt.

Der Bus hält. Ich ziehe meine Oberschenkel von dem heißen Plastiksitz.

»Hier müssen wir raus«, sage ich, versuche sicher zu klingen. Ich bin hier noch nie mit dem Bus in die Stadt gefahren. Hier sein hieß damals: Kind sein, von den Erwachsenen herumgefahren werden.

Wir steigen aus und laufen die Allee entlang. Ich habe den Weg vorher herausgesucht, trotzdem bin ich erleichtert, als wir ins Zentrum kommen. Zuerst erkenne ich nicht, dass da der Marktplatz ist, der Ort, an dem ich am häufigsten war – aus dieser Richtung sieht er anders aus, irgendwie verzerrt.

Zielstrebig laufe ich auf die bekannte Straße zu, doch Grace sagt: »Lass uns lieber die kleinen Nebengassen nehmen.«

Warum eigentlich nicht, sage ich mir.

Ihren cappuccino möchte sie nicht in der besten pasticceria trinken, »lieber etwas Unbekanntes«.

Also sitzen wir in einer bar mit Plastikstühlen, fast wie im Bus. Ich bestelle einen risino, er schmeckt nach Milchreis. Grace trinkt ihren cappuccino und isst dazu Apfelschnitze, die sie heute Morgen in einen Gefrierbeutel gepackt hat.

Meinen Blick auf die Äpfel und die Bedienung bemerkt Grace nicht, sagt: »Und du bist jedes Jahr hier? Was machst du dann die ganze Zeit?«

Ich zucke mit den Achseln. »Im Garten sitzen. Lesen. Einkaufen gehen, Filo beim Kochen helfen … Zwei, drei Wochen vergehen schnell.«

Sie nickt und isst den Rest ihres Apfels schweigend. Dann gibt sie Trinkgeld, obwohl ich ihr erklärt habe, dass man das nicht macht. Die Kellnerin rudert abwehrend mit den Händen, doch Grace nimmt das Geld nicht zurück, dafür liegt schließlich ein risino in ihrer Hand.

Grace isst ihn auf dem Weg zu der Kirche, in der ich als Kind immer eine Kerze anzünden durfte. Zumindest sieht er aus wie der Weg zur Kirche. Irgendwann merke ich, dass er es doch nicht ist.

Also schaut Grace auf ihrem Handy nach.

Ich sehe sie von der Seite an: Der risino scheint ihr zu schmecken.

Umgeben von bröckelndem Orange, Terracotta und Tauben-
blau laufen Grace und ich die Straße entlang. Überall Pinien.
Von Weitem sehen sie so weich aus – man könnte sich vom
Himmel in sie hineinfallen lassen wie in ein Federbett.

Von Nahem kann ich die Nadeln ausmachen. Bläulich sind
sie, an den Spitzen grau.

»Da oben war mein Kindergarten«, sage ich, zeige den Hügel
hinauf.

»Ah ja«, sagt Grace abwesend.

Ich greife in die Piniennadeln, sie stechen mir in die Handfläche.

Unser Kindergarten liegt ganz oben auf dem Berg. Jeden Morgen laufen wir hin, Mama und ich.

Als wir ankommen und ich Chiara unter den Pinien entdecke, wird es etwas leichter als sonst, Mamas Hand loszulassen.

»Pass auf dich auf«, sagt Mama wie jeden Tag, dann ist sie weg.

Ich renne zu Chiara. Ihr langes dunkles Haar hängt in den roten Plastikeimer, in den sie Pinienkerne wirft, so schnell sie kann. Ich blicke mich um, klare Sache, die Jungs sind am Gewinnen. Ich pule alle Kerne aus einem Zapfen, den sie übersehen hat, und wir schaffen es: Als der größte Junge »Stopp« ruft, ist mehr Weiß in unserem Eimer. Wir stopfen uns die Münder voll.

Dann wenden sich alle dem großen Baum zu. Ich spucke weißen Brei auf den Boden, mir ist jetzt schon übel.

Über die Rinde krabbeln in endlosen Reihen rote Käfer, manche von ihnen hängen zu zweit aneinander.

Der größte Junge tritt nach vorn und sticht als Erster zu.

Weiß quillt aus den roten Körpern, immer mehr stille Körper und weißer Schleim, kein richtiges Blut, sage ich mir, dann wäre es rot. Trotzdem graut es mir vor dem Moment, als der größte Junge sagt: »Ora tu!«

Ich nehme den Stock entgegen und steche zu, denke an meine Eltern, die Schluchzer und Schreie, die ich abends von nebenan höre, steche zu und fühle mich ein kleines bisschen erleichtert danach.

Die Köchin stellt einen dampfenden Topf auf den Tisch. Mit ihrer riesigen Kelle häuft sie gnocchi auf die Teller. Ich schiebe

59

den ersten in den Mund, lutsche ihn wie ein Bonbon, bis die ganze Tomatensoße weg ist, dann spucke ich ihn zurück auf meine Gabel, sehe mir das Weiß an. Dann erst esse ich ihn. Chiara neben mir macht das Gleiche.

Plötzlich flüstert sie:»Die Jungs haben was gefunden.«

Nach dem Essen schleichen wir hinaus. Die anderen merken nichts.

Die Jungs stehen hinter dem Haus, über einen Tisch gebeugt. Als wir näher kommen, sehe ich einen Riesenschmetterling. Er ist größer als die Hände aller drei Jungs zusammen.

Als wir neben ihnen stehen, zucken sie zusammen.»Was macht ihr hier?«

»Ist das ein echter Schmetterling?«, fragt Chiara.

»Was sonst?«

»Er ist viel zu groß, das kann nicht sein.«

»Fass ihn doch an«, sagt der größte Junge und nimmt ein Stück des bräunlichen Flügels zwischen die Finger. Danach hält er sie uns vors Gesicht, staubig sehen sie aus.

»Das darfst du nicht«, sage ich.»Dann kann er nie wieder fliegen.«

»Fass ihn an«, sagt der Junge noch mal, er schaut nur Chiara an.

Sie fährt darüber, ganz kurz.

Mir schießen die Tränen in die Augen, ich renne zurück in den warmen Raum, die anderen Mädchen sitzen in den Ecken, spielen irgendetwas, der Erzieherin will ich es nicht sagen, ich renne wieder raus.

Da ist Chiara, sie schaut mich an, als wäre gar nichts, ich sehe kaum noch etwas, bücke mich und greife nach dem größten Stein, den ich finden kann, er ist so schwer, dass ich beide Hände brauche, dann hebe ich ihn an und ziele.

»Ellis!«

Die Erzieherin kneift ihre Finger in meinen Arm und dreht mich zu sich. »Wolltest du sie umbringen?«

Ich schaue auf den Stein und dann auf Chiaras weiches Gesicht.

Die Erzieherin lässt los. Ich laufe von allein los zur Bank, ich weiß, dass ich dort sitzen muss, eine gefühlte Ewigkeit lang, ganz allein, während alle anderen Pinienkerne sammeln oder spielen. Ich finde, es ist eine gerechte Strafe.

23

Wir stehen auf der Brücke, ungefähr an der Stelle, bei der ich mich einmal an der Brüstung hochhievte und beinahe hinunterfiel. Mama schrie in einem so hohen Ton, dass ich noch ein paar Tage lang dachte, mein Trommelfell wäre geplatzt.

Ich schaue auf das schaumig hellgrüne Wasser, halte mein Gesicht darüber, als erreichten gleich frische Spritzer mein Gesicht, wende den Kopf nach links und rechts, dem grünen Hang entgegen und auf der anderen Seite den terracottafarbenen Gebäuden mit ihren Balkons, von denen lavendelfarbene Blüten gen Wasser klettern.

»Hast du je etwas Schöneres …«, beginne ich, und dann drehe ich mich zu ihr um.

Grace steht mit dem Rücken zu mir, blickt in die andere Richtung, hält ihren Kopf zur Sonne hin.

Unsere Stadt ist durch einen Fluss geteilt. Immer wenn mein Vater und ich ins Zentrum gehen, um Mama von der Arbeit abzuholen, müssen wir den Hügel hinunter und über die Brücke laufen.

Wenn wir zu viert zurücklaufen, ist es still. Mama ist staubig und müde. Früher hielt sie Papas Hand, jetzt kaum noch.

Ich schaue auf den Hang mit den vielen kleinen Lichtern. Ich laufe etwas schneller als die anderen, spüre den Wind in meinem Gesicht und unter meinen Füßen.

Jedes Mal ist mir bewusst, dass nur ein Brett fehlen müsste unter mir, und ich würde fallen, fallen, fallen und ins Wasser klatschen wie mehrere meiner Puppen und einmal mein Lieblingsarmband.

24

Grace zieht mich am Ärmel. »Was heißt das?«

Ich kaue weiter auf meiner focaccia herum und zucke mit den Schultern.

Sie stöhnt leise und frustriert, denkt wahrscheinlich, dass ich mir nur keine Mühe gebe.

»Und dann«, Filo lacht inzwischen Tränen, »dann ist der … gekommen mit den … und er … und ich dachte: ich glaub's nicht, weil … das klappt ja nicht, wenn's …«

Ich sehe die fehlenden Worte wie Wolken über ihrem Kopf aufsteigen, kann mir vorstellen, wie man sie schreibt, aber nicht, was sie bedeuten.

Alle lachen.

Filos Freundin dreht sich zu mir: »Passiert so etwas auch in Deutschland?«

»Ich weiß nicht«, sage ich.

»Non ti preoccupare, è molto timida«, sagt Filo und winkt lächelnd ab. Das habe ich verstanden: Keine Sorge, sie ist sehr schüchtern.

Ich möchte widersprechen, doch sie sind schon beim nächsten Thema. Grace sieht mich verständnislos an.

Grace und ich sitzen auf weißem Stoff, malen Buchstaben.

Kims Stimme erfüllt den Raum, ihr Gesicht strahlt uns von allen Wänden aus zu.

»Eines Tages«, sagt Grace.

»Ja«, sage ich.

»Wir ganz vorn, erste Reihe, und sie direkt vor uns.«

In ihren Augen spiegelt sich die Wand-Kim.

»Dann halten wir das Plakat hoch«, sagt sie. »Und sie holt uns auf die Bühne.«

Meine Hand zittert. Ich kann nicht mehr weitermalen. »Stell dir das mal vor!«

»Ich weiß es«, sagt sie. »Bis dahin müssen wir alle Songs auswendig lernen. Alle.«

Und wir singen mit, »And I keep on waiting, waiting, waiting, waiting on you«, Grace' Stimme ist schief, aber sie singt trotzdem laut und übertönt mein vorsichtiges Säuseln, »and I keep on hoping, hoping, hoping, hoping that you-u-u-uh«. Sie wird lauter, ich auch, ein kleines bisschen.

Plötzlich ein lautes Krachen.

Vor Schreck fasse ich in die Farbe, das »m« vor mir verschwimmt zu einem »n«.

»Was soll das hier?«

Grace' Mutter, ihre Haare perfekt glatt wie immer, doch ein rotes Gesicht, besonders die Wangen und die Nase. Das bedeutet, dass sie Wein getrunken hat, und dann fängt sie früher oder später an zu schreien. Das hat Grace mir erklärt, und seitdem habe ich es auch bemerkt.

Grace' Mutter läuft schwankend über unser halbfertiges Plakat.

»Achtung!«, schreit Grace.

Wie durch ein Wunder tritt Grace' Mutter auf keinen der Buchstaben, drückt auf die Stopp-Taste am CD-Player.

Auch als sie schon längst wieder draußen ist, bewegen wir uns nicht. Allein meine Hand zuckt, will sich auf Grace' Hand legen.

Da lehnt Grace ihren Kopf auf meine Schulter. Ich lege vorsichtig den Arm um sie, ganz leicht nur. Ich weiß: Wenn andere weinen, ist sie still.

Irgendwann nimmt sie den Kopf von meiner Schulter. Mein Arm rutscht auf den Boden.

»Wusstest du eigentlich, dass ich verliebt bin?«, fragt sie und erzählt von Max mit dem großen Muttermal auf der Wange.

»Ich mag dein Lachen«, sagt Grace.

»Wieso?«

»Es klingt echt. Viele lachen hysterisch, und sobald du weg-
schaust, fallen ihre Mundwinkel nach unten wie wurmzerfres-
sene Kirschen vom Baum.«

Ich lache erneut.

Grace hält ihr Bikinioberteil zu und dreht sich auf den Rücken, genau als nonno barfuß neben ihr aufs Gras tritt. Ich
sehe, dass er sich ebenso schnell abwendet wie ich zuvor. Grace
lächelt in die Sonne.

»Alles gut bei euch?«, fragt nonno.

Grace streckt die Arme über den Kopf und räkelt sich. »Wie
könnte es besser sein?«

»Gut, gut.«

Er schwingt die Hände nach vorn und hinten, schaut aufs
Gras, schaut mich an, dann verschwindet er wieder, und Grace
legt sich zurück auf den Bauch.

Ich muss an unseren Tag in der Stadt denken, an den Blick
der Kellnerin beim Anblick der Gefriertüte mit den Apfel-
schnitzen. Sie weiß es nicht besser, sage ich mir.

Ich starre auf ihren Rücken, der auf den Schulterblättern
rote Flecken bekommt. Ich entscheide mich, nichts zu sagen.

Grace steht fluchend vor dem Badezimmerspiegel, in der einen Hand das Stück Aloe vera, das sie von der Pflanze auf der Terrasse abgeschnitten hat, mit der anderen versucht sie, an ihren oberen Rücken heranzukommen.

»Hilfst du mir mal?« Ihre Stimme klingt wie früher, wenn sie sagte: »Ich hab schon wieder kein Pausenbrot. Gibst du mir deins?«

Ich grabe mit dem Daumen ins hellgrüne Fleisch der Pflanze, dann lege ich die Hand auf Grace' Rücken. Ihre Schultern zucken kurz nacheinander, und unter meiner Hand spüre ich Gänsehaut.

»Sieht bestimmt schlimm aus, oder?«

Dann: »Vergiss ja keine Ecke.«

Ich verteile, bis meine Hand trocken ist. Dann wasche ich mir die Hände.

»Ekelst du dich etwa vor mir?«, sagt Grace und verzieht die Lippen spielerisch zu einem Schmollmund.

Als ich nicht reagiere, zieht sie sich wieder ihr Bikinioberteil an. Ich starre auf die Fliesen, bis sie aus dem Zimmer ist.

Filo und nonno sitzen auf dem größeren Sofa. Nonnos Arm schmiegt sich um Filos Nacken; seine Hand streichelt ihre Schulter wie ein frisch geschlüpftes Küken. Seine Blicke auf sie sind stets ebenso aufmerksam und vorsichtig, während die ihren sich kaum von denen unterscheiden, die sie auf die Möbel um sich herum wirft. Das war schon immer so, trotzdem scheint nonno zufrieden, ich frage mich, wie.

Grace liegt schon auf dem anderen Sofa, eine Tasse duftenden ciobar in der Hand und eine Wärmflasche auf dem Bauch; sie rutscht etwas näher an die Rückenlehne des Sofas und klopft neben sich auf das Polster.

»Wollen wir uns nicht hinsetzen?«, frage ich.

»Dann müssen wir ja die ganze Zeit den Hals verdrehen«, sagt Grace.

»Cosa c'è?«, fragt Filo. »Wollt ihr lieber hier sitzen?«

Ich winke ab und lege mich neben Grace. Es ist unmöglich, sie nicht zu berühren, wenn ich nicht herunterfallen will.

Der Film geht los, nach fünf Minuten die erste Liebesszene. Ich merke, wie mein Nacken sich versteift. Ich spüre Grace' warmen Körper an mir, habe das Gefühl, das sie mich ansieht. Ich versuche, normal zu atmen.

Als endlich die Szene wechselt, lege ich mich erleichtert etwas entspannter hin. Grace legt einen Arm um mich, ich spüre die Wärmflasche an meinem Rücken.

Vergeblich versuche ich mich auf den Film zu konzentrieren, schaffe es nicht.

Nach einer halben Ewigkeit kommt der Abspann.

Nonno steht ächzend auf, Filo scheint seine ausgestreckte Hand nicht zu bemerken. Sie sieht mich an, lange.

Dann gehen alle nacheinander aus dem Zimmer. Ich sitze

da wie erstarrt, während Grace duscht und schließlich ihre Tür zufällt.

Irgendwann gehe auch ich ins Bett, bleibe die halbe Nacht wach und spüre, wie die Verspannung aus meinem Nacken in den Kopf kriecht.

»Meine Mutter und ich«, sagt Grace. »Kurz nach der Trennung.«

Ich nehme das kleine Bild entgegen, mein Daumen stützt die Unterseite, meine Zeigefingerkuppe liegt auf der oberen Kante auf, kurz über ihrem Kopf.

Sie ist sieben oder acht. Ihre Mutter lehnt sich gegen sie, Grace scheint kurz davor, zur Seite zu kippen, aus dem Bild heraus.

Ich sehe am Bild vorbei, versuche im Halbdunkel ihre Augen auszumachen, spürt sie mein Mitgefühl?

Mein Blick wandert über ihre Hand, die weiter vorn, näher bei mir liegt, als sie müsste. Ich hebe den Kopf, wie um ihn neu auf Hand und Kissen zu betten, und rutsche so ein Stück weiter zu ihr.

»Das war kurz vorher«, sagt Grace und schiebt mir ein zweites Bild herüber.

Ich halte kurz ihre Hand, bevor ich das Foto so kippe, dass ich es sehen kann, in dem wenigen Licht, das von der Papierlampe hinter Grace' Kopf ausgeht. Ich erkenne die buschigen Augenbrauen von Grace' Vater, der uns manchmal von der Schule abholt, um bei McDonald's essen zu gehen.

Aus dem Augenwinkel sehe ich Grace' Hand, noch näher bei mir jetzt, ihre Finger spreizen sich und entspannen sich wieder, ich versuche mich auf das Foto zu konzentrieren. Grace klammert sich mit beiden Händen am Arm ihres Vaters fest, während ihre Mutter ihr beide Hände auf die Schultern legt.

»Du wusstest es da schon«, sage ich.

Sie nickt.

Ich gebe es ihr zurück, rutsche dabei noch ein winziges Stück nach vorn. »Bei mir war es genauso«, sage ich.

71

Ihre Hand zuckt.

»Wieso machst du dich eigentlich so breit?«, fragt sie.

»Was?«

Sie deutet auf meinen Körper, als wäre er ein Gegenstand, der im Weg liegt.

Ihre Hand ist jetzt unter ihrer Decke.

Ich rutsche zurück, bis ich mit dem Rücken an Holz stoße, starre auf die Lampe, bleibe still.

»Wie ist es?«, fragt Mama, ihr Mund wiederholt einige Sekunden versetzt.

Ich könnte ihr direkt eine Antwort geben auf die Frage, die sie eigentlich stellen möchte, der Höflichkeit halber aber erst gegen Ende des Gesprächs aussprechen wird. Aber ich spiele mit.

»Ich habe Grace die Stadt gezeigt«, erzähle ich und schaue dabei auf Mamas Falten, in ihre Nasenlöcher. So nah sehe ich sie nur auf dem Bildschirm.

»Was?«, fragt Mama.

»Die Stadt«, wiederhole ich.

»Die Verbindung«, sagt Mama. »Die Verbindung ist schlecht.«

»Macht nichts«, sage ich.

Wir schweigen eine Weile. Dann sagt sie: »Weißt du, was ich gefunden habe?«

Sie verschwindet kurz, ich sehe die Küchenuhr hinter ihrem Stuhl, diese moderne Nachahmung einer Kuckucksuhr, die mich schon als Kind deprimierte. Der Kuckuck schaut aus einem plastikweißen Haus heraus. Egal, wie hoffnungsvoll ich zur vollen Stunde immer wieder hinsah, bewegte er sich keinen Millimeter.

»Schau mal.« Mama hält Briefe in die Kamera. Briefe mit großen Buchstaben, die allesamt anfangen mit »Cara Elli« und enden mit »La tua migliore amica, Chiara«, und auf denen unten eine Zeichnung ist: zwei Mädchen, die sich an den Händen halten, mal fast realistisch, mal als Animes gezeichnet.

»Weißt du noch?«, fragt Mama. »Jede Woche so ein Brief. Und du hast ihr so selten geantwortet.«

Das Bild hängt. Ich sehe immer noch die beiden Anime-Mädchen. Eine davon mit längeren Wimpern und Haaren, so hat sie mich immer gemalt, obwohl sie die war mit der schwarzen Mähne bis zur Taille.

»Heb sie auf«, sage ich, und dann: »Papa war übrigens noch nicht da.«

»Was?«, fragt Mama.

»Papa war noch nicht da, er kommt nächste Woche.«

Das Bild hängt immer noch und verschwindet dann völlig.

Bei Chiara riecht alles nach Katze. Die Schaukel. Die Feigenbäume. Die Treppe, über die man zu ihrem Zimmer gelangt, in
dem unterm Bett die Puppen liegen. Selbst in der Küche riecht
es nach Katze, außer im großen Holzschrank, den wir manchmal heimlich öffnen, um Stücke von dem riesigen dunklen
Schokoladenei abzubrechen, das immer da ist.

Mit feigen- und schokoladenverschmierten Fingern streiche ich über das knotige Fell der Streuner, schaue hinter ihre
verfilzten Ohren, während sie schnurren wie kleine Spielzeug-
autos.

Heute ist ein neuer Kater dazugekommen, Chiara nennt
ihn Fidibo. Sein Kopf ist viel zu flach, ein bisschen so, als hätte
jemand auf seinem Gesicht gesessen. Ich streiche darüber, sein
Fell fühlt sich an wie Federn auf meiner mückenzerstochenen,
rauen Handfläche.

Chiara und ich schaukeln, wie andere Freundinnen laufen – aus
zwei Körpern wird einer. Mit der gleichen Biegung im Rücken
drücken wir uns nach oben. Dort, der Pause zwischen Ein- und
Ausatmen gleich, bleiben wir ganz kurz stehen, mit geschlosse-
nen Augen.

Wir halten die Augenlider in die Sonne.

Dann fallen wir zurück.

»Was hast du gesehen?«

»Rot«, ruft sie.

»Ich auch.«

Schon sind wir wieder oben.

»Und jetzt, Elli?«

»Giallo.«

»Arancione.«
Wieder.
Und wieder Rot.
Und wir schwingen uns nach oben.

»Kennst du hier nicht irgendwelche Leute? Ich meine, in unserem Alter«, hat Grace gesagt, und als ich nicht antwortete: »Ich möchte deine Leute treffen.«

Also habe ich die staubige Nummer aus Filos Adressbuch gewählt und gehofft, dass sie veraltet wäre, aber Chiaras Mutter ging sofort ran.

Chiara − immer noch kohleschwarzes Haar, schimmernd ihre Armbeugen kitzelnd, immer noch pinienfarbene Augen. Ihr Blick jedoch nicht mehr hinab, ich bin größer als sie jetzt, das ist ungewohnt.

»Elli«, sagt sie, und da rieche ich plötzlich Feigen und Katzen, ich schließe kurz die Augen, sehe wechselnde Farben, dann öffne ich sie wieder, sage irgendetwas wie »Es ist lange her« oder »Du hast dich kaum verändert«.

Da schiebt sich jemand hinter Chiara hervor, deren Hände ich jetzt loslasse, zu spät?

»Ciao, sono Mars.«

Er sieht nicht mich an, sondern Grace.

Worüber haben Chiara und ich früher gesprochen? Ich kann mich nicht erinnern.

»Was machst du jetzt?«

»Ich bin Model«, sagt Chiara, da erst bemerke ich ihre schmalen Oberarme, ihre Brust, die sich unter gespanntem Stoff kaum heben oder senken kann, ihre zu gleichmäßig braunen Beine, so glatt, dass eine Mücke darauf ausrutschte, würde sie versuchen, ein Punktmuster zu hinterlassen, wie es früher Grace' Beine zierte, umgeben von blauen Flecken und bräunlich verkrusteten Kratzern.

Sie zeigt mir Fotos, ihr French Nail klickt auf dem Display ihres Handys wie ein Fremdkörper, ist es wahrscheinlich auch, ein künstlicher Nagel über ihrem, der vielleicht nur noch hauchdünn ist, atemlos, farblos.

»Und du wohnst noch zu Hause?«, frage ich. Ich versuche mir vorzustellen, dass alles dort noch so ist wie damals.

Sie nickt.

»Habt ihr noch die Feigenbäume? Und die Katzen?«

Sie nickt wieder.

Mein Blick wandert immer wieder zu Grace hinüber, die sich mit der Hand über den Nacken fährt beim Reden, irgendwann legt sie dieselbe Hand kurz auf Mars' Arm, schwarzbehaart und zweimal so dick wie Chiaras.

»Er wohnt im Zentrum«, sagt Grace, als wir die Wohnungstür schließen. Sie schaut mich an und sieht dabei immer noch ihn.

»Eigenartig, Chiara wiederzusehen«, sage ich.

»Wart ihr gute Freundinnen damals?«

»Damals.«

»Mars ist ihr Ex-Freund«, sagt Grace. »Sie sind immer noch befreundet.«

»Oje«, sage ich.

»Wieso?«, fragt Grace.

»Heute gibt es spaghetti alla carbonara«, sagt Filo. Gestern ist sie nur wegen dieses einen guten Specks in die Stadt gefahren. Kurz sehe ich sie durch Grace' Augen: typisch italienisch.

»Ich glaube, ich möchte nicht mitessen«, sagt Grace. Sie kippelt mit ihrem Stuhl nach hinten, bis ihr Kopf an die Blätter des Ficus hinter ihr stößt.

»Warum?«, frage ich.

»Mein vierter espresso, und ich bin trotzdem todmüde«, sagt Grace. Sie lehnt sich wieder nach vorn, stellt ihre Tasse auf den Tisch und schiebt sich an mir vorbei aus dem Zimmer.

»Come?«, fragt Filo. Grace hat deutsch gesprochen.

»Le dispiace, ma non sta molto bene. Deve riposarsi«, sage ich. Es tut ihr leid, aber es geht ihr nicht gut. Sie muss sich hinlegen.

Filo hebt die Brauen, bis ihre ganze Stirn in den Haaransatz zu rutschen scheint. Dann nimmt sie den Speck aus dem Kühlschrank und schmeißt ihn in die heiße Pfanne.

Als ich gerade nach zusammenpassenden Messern und Gabeln suche, kommt Grace in die Küche: »Mhm, das riecht aber lecker.«

Filo, die gerade fertig damit ist, die pasta auf den Tellern für nonno, sich und mich zu verteilen, sieht auf. Obwohl Grace deutsch gesprochen hat, scheint sie verstanden zu haben. »Möchtest du doch mitessen?«

»Volentieri«, sagt Grace lächelnd. Sie nimmt vier Servietten aus dem Schrank.

Filo wartet, bis Grace aus dem Zimmer gegangen ist, dann holt sie einen vierten Teller. Sie hebt von jedem der drei Teller ein paar Löffel ab, bis alle gleich wenig pasta haben.

Grace wartet auf ihrem Lieblingsstuhl am Tisch.

Ich stelle einen Teller vor sie, einen vor mich, dann umschließe ich mit meinen Fingern fest das kühle Metall in meinen Händen, bis mein Atem ruhiger wird.

Ich schaue in den Topf. Die letzte Ladung Wasser ist fast ver-
dampft und aufgesogen worden von den kleinen raupenartigen
Reiskörnern, in denen ich seit einer Stunde gerührt habe. Wozu
eigentlich?

Ich drehe den Herd aus und setze mich auf einen Küchen-
stuhl, um mich davon abzuhalten, den gesamten Inhalt des Top-
fes ins Waschbecken zu schütten.

Nach einer Weile stehe ich wieder auf, sehe erneut in den
Topf. Das Wasser ist verschwunden, wahrscheinlich beginnt der
Reis nun am Boden anzuhaften. Na und?

Ich schalte das Licht aus und setze mich ins Wohnzimmer.

Auf dem Couchtisch steht noch Grace' Tasse mit einem roten
Abdruck über dem verkrusteten Cappuccinorand. Ich werde sie
dort lassen, bis Grace sie wegräumt. Doch das könnte dauern.

Sie wird morgen wieder um zwölf nach Hause kommen,
die Wangen gesundrosa wie nach einem Waldspaziergang, die
Innenseiten der Lippen noch rotweinrot, und von ihrer Nacht
erzählen; sie wird mich dabei anschauen und immer noch ihn
sehen, diesen Mars, für den sie seit Tagen alles stehen und liegen
lässt.

Ich starre auf den roten Fleck. Mein Lippenstift, Snow White
Red, den ich Grace gestern geliehen habe.

»Tutto bene?« Filos riesiges buntes Seidentuch streift an meinem Kopf vorbei. »Du hast ja risotto gemacht!«

Sie pustet auf den klumpigen Reis auf ihrem Teller, setzt sich
zu mir auf das andere Sofa. »Hat es Grace geschmeckt?«

»Sie ist nicht da.«

Filo setzt die Brille auf, so dass ihre Augen ihre normale rote
Umrandung bekommen.

»Dieser Mars hat sie zum Essen eingeladen.«

Filo beginnt zu essen. Ich kann ihre Missbilligung in jedem Schmatzer hören.

»So ist sie eben, ein bisschen durch den Wind.«

Stille.

»Ich verstehe«, sagt Filo irgendwann. Sie sieht mich wieder so an wie beim Filmabend.

Ich lege mich hin und drücke ein Kissen auf mein Gesicht.

Knirschen. Der Schlüssel? Ich lasse das Kissen fallen und versuche die Augen zu öffnen. Unter meiner Stirn pocht es.

Die Tür geht auf.

»Wirklich?« Grace' Verliebtheitslachen schallt durch den dunklen Raum. Ich bete, dass sie am Telefon ist. Doch da ist noch jemand, ich höre Mars' Lachen, so gegelt wie sein Haar.

»Oh, pscht«, sagt Grace laut. »Die schlafen vielleicht schon.«

»Diese Portionen waren wirklich winzig«, sagt Mars, und Grace lacht erneut übertrieben laut, bevor sie antwortet: »In der Küche gibt es bestimmt noch etwas.«

Das Licht geht an und sticht mir in die Augen.

Ich höre die beiden an mir vorbeitraben.

»Oh, risotto!«

»Prendi pure«, sagt Grace. – Nimm dir.

Ich beiße die Zähne zusammen und drücke mir das Kissen aufs Ohr.

Dem lauten Klirren nach zu schließen, ist gerade eine Gabel auf die Fliesen gefallen. Grace lacht wieder und sagt so laut »pscht«, dass ich es auch durch das Kissen hören kann.

»Oh!«

Ich hebe den Kopf. Grace und Mars stehen am Fußende des Sofas, Weingläser und Schüsseln in den Händen.

»Haben wir dich geweckt?«, fragt Grace.

»Alles gut«, sage ich und starre auf die Schüssel in Mars'
Hand. »Guten Appetit.«

»Hast du das gemacht?«, fragt Grace.

Ich tue so, als hätte ich sie nicht mehr gehört, drücke die
Wohnzimmertür hinter mir zu, stecke mir Ohrstöpsel in die
Ohren und krieche unter meine Bettdecke.

»Guten Morgen!«

Ich lasse mir Zeit, bevor ich aus meinem Buch aufschaue. Grace hat wieder ihr normales, ungeschminktes Gesicht mit den hellen Lippen und den Augenringen, die natürlich noch graublauer sind als sonst.

»Morgen.«

»Tut mir leid wegen gestern.« Grace lächelt, versucht dabei betroffen auszusehen.

»Was denn?«

»Wir haben dich geweckt, oder?«

»Ich habe doch gestern schon gesagt, das habt ihr nicht.«

Ich tunke meinen abbraccio in den Kaffee. Die helle Seite. Kurz bevor er zerfällt, schiebe ich ihn in den Mund.

Grace wartet eine Weile, dann rutscht es ihr von den Lippen: »Es war so toll mit Mars gestern.«

»Freut mich«, sage ich und nehme den nächsten Keks, drehe ihn in meiner Hand hin und her, schaue auf die dunkle und die helle Seite, die sich – scheinbar mühelos – verbinden, »umarmen«, als gehörten sie zusammen.

Grace beginnt zu erzählen. Ich lächle und nicke, bis es wieder unter meiner Stirn pocht.

Dann geht Grace in die Küche und macht den Abwasch, das hat sie vom ersten Tag an getan, als hätte sie schon immer hier gewohnt. Mir ist bewusst, dass das Höflichkeit symbolisieren soll, doch ich würde ihr am liebsten Tassen und Teller aus den Händen reißen und sagen: »Du wirst sie doch sowieso in die falschen Fächer stellen.«

Danach wäscht Grace sich die geröteten Hände und trocknet sie im Türrahmen ab, so dass ich ihr dabei zusehen kann. Sie tut es ernsthaft und stolz, wie die Stars, die beim Super Bowl die Hymne singen – als wären sie für den Erfolg der Mannschaft mitverantwortlich.

»Wirklich alles in Ordnung zwischen uns?«, fragt Grace.
Ich nicke, denke: War es das je?

Säuerliche Schlafschwaden hängen noch in der Luft. Weder aus Filos noch aus nonnos Zimmer scheinen sie zu kommen. Ich wappne mich und trete in Grace' Raum. Auch da: nichts. In meinem hingegen schlagen sie mir entgegen. Ich ziehe die Fenster auf, in allen Zimmern. Durchzug, überall soll frische Luft reinkommen.

Ich atme tief ein und aus, versuche die Stille zu genießen: Grace ist mit Mars unterwegs, Filo und nonno bei einer Theaterprobe.

Ich könnte so vieles tun – lesen, Musik hören, in der Sonne liegen.

Stattdessen stehe ich plötzlich wieder in Grace' Zimmer, sehe mich um wie eine Mutter, die schuldbewusst das Zimmer ihrer Tochter durchsucht, während diese in der Schule ist.

Grace kann nichts wegschmeißen, immer noch nicht. Über dem Stuhl hängt eine löchrige Leggings von mir, die ich versehentlich eingepackt habe. Sie hat mich dabei erwischt, wie ich sie entsorgen wollte. Jetzt hängt sie da und wartet darauf, geflickt zu werden.

»Die kann ich zum Schlafen anziehen«, hat sie gesagt.

Auf dem Tisch liegen verschieden große Stapel: Kinokarten, Flyer, alte Bustickets. Der hölzerne Papierkorb direkt darunter ist leer.

An die Wand konnte sie nichts kleben, aber auf jede Fläche, die an die Wand angrenzt, hat sie Bilder und Postkarten gestellt, angelehnt an die Wand, so verschwindet zumindest etwas vom Weiß.

Grace fährt in die Stadt, sie trifft Mars, sie ist mit mir im Garten, kaum jedoch hält sie sich in diesem Zimmer auf.

»Ein Saustall«, schreit Grace' Mutter. Sie steht mit dem Staubsauger vor Grace' Zimmertür. Alles bis zur Türschwelle ist blitzblank und glatt wie ihre Haare.

Grace und ich sitzen inmitten von Zetteln auf dem Fußboden und lernen.

Grace lässt ihren Stift fallen und sagt: »Manche Leute haben eben was zu tun und können nicht den ganzen Tag putzen.«

Ihre Mutter wird so weiß, dass sie beinahe eins mit dem Hintergrund zu werden scheint.

Dann geht die Tür zu.

Grace' Arme bleiben lange verschränkt, bis ich die Hand ganz leicht darauflege.

Sie lächelt mich an, dann springt sie auf und legt eine CD in den CD-Player.

»Das beste Lied der Welt«, sagt Grace.

»Oh ja«, sage ich, und ihr Lächeln spiegelt sich in meinem Gesicht.

»Du magst sie auch?« Grace hält mir begeistert das Cover hin.

»Klar«, sage ich, und schaue darauf. »Kim«, lese ich laut.

»Langsam wird das unheimlich«, sagt Grace begeistert. »Wir sind ja ein und dieselbe Person.«

Später, als sie nicht hinsieht, schiebe ich die CD in meinen Rucksack. Morgen früh wird das, was ich gerade behauptet habe, keine Lüge mehr sein.

34

»Du solltest auch mal etwas unternehmen«, hat Grace gesagt.

Also fahre ich zu Chiara, sitze zwei Stunden und dreizehn Minuten auf einem harten Gartenstuhl, würge Themen heraus, kläglich klein sehen sie aus, vor uns auf dem Tisch, wir schieben sie hin und her, unschlüssig.

Danach fahre ich zurück zu Grace, den Mund voller ungesagter Worte, doch sie sitzt abwesend auf ihrem Lieblingsstuhl, starrt ins Leere.

Ich lege mich aufs Sofa, starre an die Decke, konzentriere mich auf das Pochen unter meiner Stirn.

Irgendwann steht Grace auf, verschwindet, taucht eine halbe Stunde später wieder auf, Snow White Red auf den Lippen, sie fährt sich durch die Haare.

»Viel Spaß«, sage ich.

Filo kommt nach Hause, sieht mich lange an.

»Stai bene?«, fragt sie. »Ti stai divertendo?« – Hast du Spaß?

Ich nicke. Die Worte, die vorhin nur darauf warteten, aus meinem Mund zu platzen, stecken in meinem Hals fest. Ich schaffe es nur, mich zu räuspern.

Filo setzt sich neben mich, ich lege den Kopf auf ihre Schulter, atme ein: muschio bianco, und schließe die Augen.

»Du bist oft bei Greta«, sagt Mama.

Du bist oft arbeiten, denke ich, sage: »Grace.«

»Ich bekomme gar nichts mehr mit«, fügt sie hinzu.

Du bist oft arbeiten, wiederhole ich im Kopf.

Sie rührt weiter die Tiefkühlpaella um. Die Erbsen in der Pfanne nehmen langsam Farbe an.

»Gibt es einen Jungen in deiner Klasse, den du magst?«, fragt sie irgendwann.

»Max«, sage ich. Das ist der mit dem großen Muttermal, in den Grace verliebt ist. Ich weiß nicht, warum ich das gesagt habe.

Mama scheint zufrieden.

35

Ich sitze vor meiner Lieblingsbar in der Sonne.

Die Kellnerin kommt an meinen Tisch, dieses Jahr ist ihr Haar zu einem schwarzen Dutt zusammengefasst, der auf ihrem Kopf tanzt wie ein Fremdkörper. Sie fragt etwas, ich muss es im Kopf wiederholen, um zu verstehen, dass das Englisch war. Ich sehe wohl aus wie eine Touristin mit meinem Buch und ohne Eile.

Ich schüttele den Kopf, danke, ich brauche nichts.

Lieblingsbar … Jedes Jahr komme ich hierher, bin vier-, fünfmal in dieser bar, ich erinnere mich an sie, doch sie sich nicht an mich.

Mein Handybildschirm blinkt auf.

Grace: »Heute Abend zusammen auf der Terrasse essen?«

Da ist wieder dieses warme Gefühl von den Tagen vor Italien.

»Ja, ich freue mich«, schreibe ich zurück und stehe auf.

»Arrivederla«, sage ich zur Kellnerin.

Sie blickt überrascht auf und lächelt: »Brava«, sagt sie.

Ich bin immer noch die Touristin, aber jetzt die, die etwas Italienisch kann.

Ich gebe auf.

36

Als ich zurückkomme, sehe ich, dass Grace nicht allein ist – sie sitzt mit Mars und Filo auf der Terrasse.

Ich zwinge mich, tief durchzuatmen, bevor ich auf sie zugehe.

Grace steht auf, drückt ihre vor Aufregung rotfleckige Wange an meine, länger als sonst. »Wo warst du heute?«, fragt sie.

»In meiner Lieblingsbar.«

»Das freut mich.«

Sie bleibt unschlüssig stehen, als traute sie sich nicht, zurück zu Mars zu gehen. Vielleicht hat sie doch etwas gemerkt – was eigentlich? Mein Verhalten der letzten Tage steigt in mir auf wie Sodbrennen.

Ich kneife die Augen kurz zusammen, dann ziehe ich Grace mit an den Tisch.

Ich setze mich neben Mars, das ist lächerlich, denke ich, gib dir einen Ruck. Ich lächle ihn an. Seine Haare zwirbeln sich heute in zarten Locken um seinen Kopf. Beinahe sieht er Grace ähnlich.

Als sie sich auf seine andere Seite setzt, sieht er sie an, wie nonno Filo ansieht, und ich kneife die Augen erneut zusammen. Ich weiß: Eigentlich sollte ich mich für meine Freundin freuen.

»Du bist früh dran.«

»Ich dachte, ich komme her, bevor ich zu Hause einschlafe.« Ich halte Grace die Plastikdose vor die Nase: »Happy Birthday!«

»Noch nicht«, sagt sie. Ihre Augen sehen noch blauer aus als sonst, sie hat sie schwarz umrandet.

»Das hier musst du aber jetzt schon aufmachen.« Ich drücke ihr die Dose in die Hand und umarme sie.

»Wieso?«, fragt sie.

Ich lasse die Arme fallen und trete zurück. »Schau doch nach.«

»Oh, bist du süß. Mein Lieblingspancake. Und er ist sogar noch warm.«

»Ich habe mich beeilt.«

»Wir haben gerade gegessen. Später vielleicht.«

Während Grace und ihre Freundinnen reden, werde ich immer müder.

»Hey«, sagt Grace auf einmal, und ich zucke zusammen. »Bis zwölf hältst du doch durch?«

Endlich ist es Mitternacht, und die Rothaarige mit den traurigen Augen und die, die erst dreizehn ist, obwohl sie wie zwanzig aussieht, kommen mit einem selbstgebackenen Kuchen herein.

Grace lacht, ohne die Mundwinkel zu heben. Das macht die Rothaarige auch, ständig. Ich habe das vorher noch nie gesehen.

»Danke, ihr Süßen.« Auch ›süß‹ ist neu.

»Nur das Beste für dich«, sagt die Rothaarige.

Grace' Handy vibriert auf dem Tisch, neben dem kalten Pancake, auf dem die Streusel zerlaufen sind.

»Ist das dein Boy?«

Alle kichern.

»Seid mal still«, sagt Grace. Sie zieht einen Lippenstift aus ihrer Jeans, ihre Lippen sind jetzt so rot wie ihre Wangen.

»Er kann dich nicht sehen, Süße«, sagt die Rothaarige.

»Hallo …«

Grace' Stimme klingt wie der Hefeteig, den sie immer so lange in der Luft hält, bis er sich in die Länge gezogen hat. Jede Woche backt sie Zimtschnecken. Hat sie zumindest letztes Schuljahr, ich weiß nicht, ob die Rothaarige so etwas isst.

Die Rothaarige schneidet jetzt den Kuchen an, schiebt Grace ein Stück nach dem anderen in den Mund, so dass sie kaum weiterreden kann, aber sie tut es, lacht nur lautlos und spricht weiter gedehnt.

Am nächsten Morgen schickt sie mir eine Nachricht: der Pancake auf einem gepunkteten Teller, daneben eine Tasse Kakao und eine Kerze. »Perfektes Geburtstagsfrühstück. Danke, Süße.«

37

»Ti ricordi di quella volta«, sage ich lachend, »quella volta quando ci volevamo colorare i capelli come Kim e alla fine i tuoi erano diventati verdi e i miei erano pieni di macchie?«

»Was?«, fragt Grace.

»Oh, entschuldige«, sage ich. »Habe ich italienisch gesprochen?«

»Sì«, sagt Grace grinsend.

Ich drücke die Hände auf die Augen.

»Che caos di lingue!«, sagt Mars.

»Oh ja, das ist es wirklich.«

Mars schenkt allen nach.

Filo hält die Hand über ihr Glas und gähnt. »Genießt ihr jungen Leute mal euren Abend«, sagt sie. Sie steht auf, schwankend.

Grace springt auf und begleitet sie nach drinnen. Bei dem Anblick breitet sich das warme Gefühl wieder in mir aus, wandert bis in die Fingerspitzen.

Ich schaue in die Baumkronen. Der Himmel dahinter hat schon die Farbe unseres Tequila Sunrise angenommen. Von drinnen ist der tropfende Wasserhahn zu hören, hier draußen umgibt uns immer lauteres Zirpen.

Der Steinboden unter unseren Füßen strahlt immer noch Wärme aus – ich hebe die Zehen an und drücke sie dann, so fest es geht, auf den warmen Stein.

»You know what«, sagt Mars. Ich sehe ihn an, er hat sein Glas schon wieder fast geleert. »I like to switch to English when I'm drunk.«

»Why?«, frage ich.

»Because English doesn't have all this heaviness to it that Italian has.«

»Heaviness?«

»Like German for you, maybe … or Italian, too, I don't know.«

»What do you mean?«

»The language you grow up with is so full of emotion. To me, English is almost neutral. That is why I want people to call me Mars instead of Marcello.«

Ich lache, denke aber doch darüber nach. Ja, am ehesten wäre wohl Englisch neutral für mich, und Italienisch ist heavy, schwerer als der Stein, den ich damals auf Chiara werfen wollte.

Kurz versuche ich mir vorzustellen, wie mein Leben gewesen wäre, wären wir damals hiergeblieben.

Als Grace wieder nach draußen kommt, ist der Himmel dunkel.

Sie setzt sich auf Mars' Schoß, trinkt in schnellen Zügen, beide atmen schwer und geben sich sichtlich Mühe, zu mir zu sehen, mit mir zu sprechen.

»Ich geh dann mal«, sage ich. »Bleibt ihr jungen Leute mal noch draußen.« Ich zwinkere ihnen zu.

Sobald ich durch die Terrassentür getreten bin, breitet sich Kälte von meinen Fußsohlen nach oben aus, und das enge Gefühl in meiner Brust ist zurück.

»Ich liebe ihn so«, ruft sie durch den Vorhang. »Manchmal kann ich es selbst kaum glauben.«

Ich schiebe das Kleid durch die Lücke an der Seite der Kabine.

Grace singt eine Weile vor sich hin, Avril Lavigne, »Sk8er Boi«.

»Ist er nicht toll?«

»Ja, der tollste Junge aus der ganzen Klasse.«

Sie singt weiter, dann: »Wie sehe ich aus?«

Grace zieht mich in die Umkleidekabine.

»Blau ist seine Lieblingsfarbe.«

»Schön«, sage ich, dann sehe ich mein Gesicht im Spiegel und erschrecke.

»Dein Vater hatte eine ziemlich coole Lederjacke«, sagt Grace.

»Ach ja?«

»Ja, aber an mehr kann ich mich nicht erinnern.«

»Ich auch nicht«, sage ich und versuche ihr zuzuzwinkern, doch mein Gesicht ist zu angespannt dafür.

Zum Geräusch der läutenden Kirchenglocken und bellenden Hunde draußen kommt etwas Neues hinzu: Autoreifen auf Kies.

»Das wird er wohl sein.« Grace geht ans Fenster und sieht hinunter auf ihre Köpfe: auf seinen, braune Locken, ihren, glatt blond, und den des Kindes, ebenso blond wie der der Mutter.

Ich kann es mir nur vorstellen, denn während Grace schon auf dem Weg nach unten ist, stehe ich noch da, versuche mich zu erinnern, wie man läuft, wie man Hallo sagt.

Italien, 2001

Ich liege im Bett und höre ihre Stimmen. Eine hohe, die klagt, fleht, lauter wird und die andere übertönt. Die zweite antwortet, rechtfertigt sich. Jetzt ist die erste Stimme schrill, beim höchsten Ton bricht sie, abgehackte Schreilaute dringen durch die Wand, Schluchzer. Die zweite Stimme wird immer leiser. Nun ist sie ganz still. Die Schluchzer klingen wie Atemzüge kurz vorm Ersticken.

Ich schiebe die Bettdecke weg, bis ich am ganzen Körper kalte Luft spüre. Ich unterdrücke den Impuls, sie schnell wieder über mich zu ziehen, hebe den Kopf und ziehe auch noch das Kopfkissen weg. Alles, was wärmen könnte und bequem ist, liegt nun zusammengeknautscht neben mir. Ich schließe die Augen und konzentriere mich auf die Kälte, die an meinen Knöcheln in die Schlafanzughose kriecht und meinen ganzen Körper zum Frösteln bringt.

Ich liege am Straßenrand. Der Boden ist hart. Wasser saugt sich von unten durch meine Kleidung, fällt von oben auf meine Wangen, meine nackten Hände und Füße.

Ich bin obdachlos, so etwas wie ein warmes Bett kenne ich nur aus fernen Erinnerungen. Ich wünsche mir nichts mehr als etwas, was mich aus dieser Kälte, dieser Trostlosigkeit rettet. Die Kälte wird immer stärker, mein Körper immer starrer.

Plötzlich sehe ich am Himmel etwas auf mich zukommen, ich hebe mit letzter Kraft die fast taube Hand an die Stirn. Es sind zwei blendend weiße Gestalten, sie heben mich hoch, tragen mich mit sich in den Himmel, betten mich in weiche Wolken ein. Wärme breitet sich aus. Ich bin sicher.

Es hat funktioniert, endlich schlafe ich ein.

»Come va?«, sagt mein Vater.

Es ist wie jedes Jahr: Wir brauchen zwei Anläufe, um uns zu umarmen, halten anfangs beide die Köpfe in dieselbe Richtung; als es dann endlich klappt, stoßen wir kurz gegeneinander und dann wieder auseinander – wie Magnete, die es eigentlich auseinanderdrückt.

»Ich freue mich«, sage ich.

Er wird nur drei Tage hier sein, drei Tage, die übliche Zeit, die ich brauche, um den inneren Eisblock abtauen zu lassen, der mir gerade bis in den Hals reicht und das Schlucken erschwert.

Die Sonne prasselt auf unsere Scheitel. Wir sitzen auf der Terrasse, vor uns bunte Platten, ich beobachte Grace' Hände – wie sie nach Löffeln greifen, Grün, Weiß und Rot auf ihren Teller häufen, zwischendurch gestikulieren, dann die Gabel in den Mund schieben.

Mit den Vorderzähnen fahre ich immer wieder über dasselbe Artischockenblatt, in dem nichts mehr ist als Bitterkeit, und brauche eine ganze Weile, um das zu bemerken.

Wenn ich den Eisblock in mir nicht so schnell wie möglich schmelzen lasse, werde ich mich am letzten Tag schrecklich fühlen, das weiß ich. Ich blicke nach oben, versuche mir vorzustellen, wie die Sonnenstrahlen mich durchdringen, alles auflösen, jetzt.

»Non parli italiano con me?«

Mein Vater schaut mich an, die braunen Augen nass, ich weiß es, ich sehe nicht hin.

»Ich will nicht.«

Er blättert weiter, auf dem nächsten Foto schneiden sie gemeinsam die Torte an. Auch das weiß ich, ich sehe daran vorbei auf einen Fussel, der sich auf dem Parkett bewegt wie eine Spinne. Das Fenster ist angekippt, und von draußen kommt anscheinend genug Luft herein, um den Fussel tanzen zu lassen, auch wenn wir nichts davon spüren.

»Das Stück Kuchen fiel auf ihr Hochzeitskleid«, sagt er, jetzt auf Deutsch. »Alle hielten die Luft an, und dann lachte sie. So war sie, ist sie.«

»Ich weiß«, sage ich.

»Oh, nicht weinen«, sagt er und klappt das Buch zu. Ich schaue wieder auf den Boden, der Fussel ist weg.

»Morgen fahre ich mit Mars nach Venedig«, sagt Grace.

Filo und nonno sind bei einer Probe, mein Vater und seine Familie noch in der Pension. Grace steht im Türrahmen, scheint keine Zeit zu haben, sich zu mir auf die Terrasse zu setzen.

Seit einigen Tagen kommt sie mir verschwommen vor, ihr Gesicht ist ausgewaschen vom wenigen Schlaf, und in ihren Pupillen sehe ich nichts als mein Spiegelbild.

»Okay«, sage ich und schließe die Augen.

»Dann hast du Zeit mit deinem Vater«, sagt sie.

»Habe ich doch«, sage ich und kneife die Augen zusammen.

»Allein, meine ich«, sagt Grace und verschwindet.

»Wie geht es dir?«

Mein Vater und ich stehen am Fluss, der die gleiche Farbe hat wie seine Augen. Es ist fast, als würde ich durch sie hindurch nach unten blicken.

Ich versuche wieder, die prasselnde Hitze von oben in mir zu kanalisieren, keine schnelle, abweisende Antwort zu geben.

»Es ist … eigenartig, wieder hier zu sein, und mit Grace … Immer wenn ich hier bin, kommen viele Erinnerungen hoch.« Ich frage mich, wieso mein Italienisch so holprig ist, schließlich habe ich in den letzten Tagen viel mit Filo und nonno gesprochen.

Er nickt. »Das verstehe ich.«

Ich warte, doch er sieht mich nur an.

»Erinnerungen an unser Leben«, füge ich hinzu.

Er nickt, öffnet beinahe den Mund.

»Papaaaaa«, sein Sohn zieht an seinem Arm.

»Wir reden später weiter«, sagt er.

Heute Abend liegt Filo auf dem Sofa, schaut mit Papas Freundin und Sohn einen Film. Mein Vater kocht Paella.

»Hilf ihm doch«, hat Filo gesagt. Jedes Jahr versucht sie es aufs Neue: Ihr Sohn und ihre Enkelin müssen sich doch etwas zu sagen haben. Am liebsten würde sie uns so lange irgendwo einsperren, bis wir Arm in Arm wieder herauskommen.

Ich gebe die Muscheln in ein Sieb und lasse Wasser darüberlaufen. Meeresgeruch steigt mir in die Nase. Ich mag keine Muscheln, doch mein Vater macht jedes Mal Paella, wenn er hier ist, und es ist zu spät, um ihm das zu sagen.

Ich beobachte meinen Vater dabei, wie er die rote Paprika langsam in unregelmäßige Stücke schneidet. Ich sehe, wie er ein paar der größeren Stücke zerteilt, um sie den kleineren anzugleichen. Nun sind die beiden Hälften jedoch kleiner als die anderen Stücke. Und so gibt er auf.

Ich muss daran denken, was Filo sagt: Zumindest versucht er es.

Er spürt meinen Blick und sagt: »Seit wann kennst du eigentlich Grace?«

»Seit der Grundschule«, sage ich.

»Du hast nie von ihr erzählt«, sagt er. Er nimmt mir das Sieb aus der Hand und kippt die Muscheln in die Pfanne, spricht ins Zischen hinein.

»Was?«, frage ich.

»Du schaust sie an wie sonst niemanden«, sagt er.

Die Wassertropfen auf meiner Haut verdampfen bereits, obwohl ich mich gerade erst auf die Liege gelegt habe. Einzig meine Haare sind noch nass, ich lasse sie vors Gesicht fallen. Durch die dünnen Streifen kann ich den Himmel sehen und das Wasser darunter, in dem der Sohn meines Vaters vorsichtige Schritte macht.

Später schwebe ich auf dem Wasser, versuche das Benzin nicht zu riechen, die Motorboote rauschen in meinen Ohren. Ich schließe die Augen und sehe ein anderes Blau, schmecke Salz, höre richtige Wellen, in die man sich werfen kann, die man aufsaugen will durch alle Poren.

»Wo ist sie heute?«, fragt mein Vater, als ich mich nass aufs Handtuch lege und zusehe, wie die Sonne die Wassertropfen auf meinen Beinen verschwinden lässt, einen nach dem anderen.

»Ich schätze mal, wieder mit ihm unterwegs«, sage ich.

»Du musst es ihr sagen.« Mein Vater sieht mich an, das spüre ich, schaue weiter auf die Wassertropfen.

Filo sieht zwischen uns hin und her und lächelt auf eine Weise, die mich wütend macht. Dann nimmt sie ihr Handtuch und legt sich auf einen weiter entfernten Liegestuhl.

»Ellis«, sagt mein Vater.

Ich presse die Lippen zusammen, bis der Kleine aus dem Wasser kommt und ihn ablenkt.

Immer wieder rauscht das Meer auf uns zu. Mein Vater und ich schmeißen uns hinein, gleißend schließt die Sonne unsere salzigen Augenlider. Es wartet auf den Moment, in dem wir sie öffnen und es sich hineinbrennen kann, doch wir halten sie geschlossen, wieder rauscht es an uns hoch, höher diesmal, wir halten uns an den Händen, bis es vorbei ist, der Sand zwischen unseren Zehen wirbelt auf und senkt sich wieder. Dann plötzlich schiebt etwas, drückt unsere Körper nach hinten, ein Rauschen wie ein Schlag, dann ist es vor uns, über uns. Wir reißen die Augen auf, um uns Blau, ein blauer Bogen, der sich von vorne nach hinten formt, wir sehen uns an, sekundenlang, dann ist es vorbei.

Salzwasser brennt in meinen Augen, ich drehe mich um, laufe blind in die Richtung, in der das Wasser weniger wird, gerade noch an meinen Knien, ist es jetzt an meinen Knöcheln, und dann heiße Sandkörner, wo brennt es mehr, in den Augen oder an den Füßen? Ich stolpere vorwärts bis zu meinem Handtuch. »Hast du das gesehen«, frage ich Mama. Sie öffnet die von zu viel Sonne ledrigen Augenlider: »Was?«

Heute am Frühstückstisch sehen mein Vater und ich uns an, ruhig, und erstmals habe ich das Gefühl, wirklich etwas zu erkennen.

Filo sieht zwischen uns hin und her, stolz wie Grace beim Geschirrabtrocknen.

Später stehe ich am Fenster, schaue zu, wie sie zum Auto laufen, wünsche mir, dass mein Vater hochblickt. Als er es nicht tut, spüre ich Grace' Hand auf meiner Schulter.

Ich drehe mich zu ihr, sie zieht mich an sich, meine Wange an ihrem Hals, bis das Geräusch von Autoreifen auf Kies verklungen ist.

»Danke«, sage ich und löse mich von ihr.

»Kommst du klar?«, fragt sie. »Ich muss …«

»Ja«, sage ich.

Auch als sie längst bei Mars ist, riecht es immer noch nach Vanille in meinem Zimmer.

Am nächsten Morgen ist Grace noch nicht zurück, das ist nicht ungewöhnlich.

Filo, nonno und ich trinken espresso und schauen uns die Aufnahme der Theateraufführung vom letzten Jahr an, die ich knapp verpasst habe.

»Die hat vorher kein Wort gesprochen«, sagt nonno und deutet auf den Bildschirm. Ein Mädchen in einem türkis glitzernden Anzug steht allein auf der Bühne und hält einen Monolog.

»Genau deswegen habe ich ihr die Hauptrolle gegeben«, sagt Filo. »In ihr hatten sich viele Worte angesammelt.«

Nonnos Gesicht spiegelt ihr stolzes Lächeln.

Die Sonne dringt durch die Jalousien in die Wohnung, hinterlässt helle Streifen auf unseren Armen.

Plötzlich steht Grace neben uns.

»Oh, hast du mich aber —«, beginnt Filo und verstummt.

Nonno hält die Augen auf den Bildschirm gerichtet. Ich verstehe das – Grace' Gesicht sieht aus wie ein geöffnetes Tagebuch oder irgendetwas anderes, das man mit niemandem teilen möchte.

Ich sitze an Grace' Bettkante wie eine Besucherin im Kranken-
haus.

»Es tut mir leid«, sage ich.

Sie starrt vor sich hin, spricht nicht, das ist anscheinend immer noch ihre Art zu weinen.

Ich streiche ihr über den Rücken. »Komm schon, Kopf hoch,
du konntest ja nicht wissen, dass er und Chiara immer noch …«

Grace drückt die Hände aufs Gesicht und lässt sich nach hinten in ihr Kissen fallen.

Ich hasse mich für die Erleichterung, die das Gewicht von
meiner Brust gehoben hat, die in meinen Mundwinkeln zuckt,
mich fast auflachen lässt, ich verstehe nicht warum, zwinge
meine Mundwinkel nach unten, genau wie meine Stimme, gedrückt klingt sie, und ich warte nur darauf, dass ich mich auch
so fühle.

»Wer braucht schon Jungs?«, fragt Grace. Sie zieht die Nase hoch. »Ich hab ja dich.«

Ich lächle, sie legt mir die Hand auf die Wange und küsst die andere.

Dann sieht sie sich im Spiegel an, die Haare, über die ich vorsichtig, Strähne für Strähne, den Pinsel gezogen habe.

»Jetzt bist du dran«, sagt sie.

»Ich weiß nicht«, sage ich.

»Wir werden beide gleich aussehen … und wie Kim«, sagt Grace und strahlt mich im Spiegel an. Sie drückt mich auf den Wannenrand und zieht mir den Pinsel aus den Fingern.

»Du musst die erst aufteilen«, sage ich.

»Entspann dich mal, ich hab das schon mal bei mir selbst hinbekommen.«

Sie streicht über die erste Strähne, es kitzelt auf der Kopfhaut.

»Ich verstehe nur nicht, wie er …« Die Pinselborsten kratzen über meinen Kopf.

»Hey«, sage ich. »Nicht so fest.«

»Entschuldige.«

»Ich meine, wir …«

»Hey!«

»Entschuldige.«

»Jetzt müssen wir's unbedingt rauswaschen«, sagt Grace.

»Du zuerst, bei dir ist es schon länger —«

»Nein, komm, beide zusammen.«

Sie zieht sich das fleckige Shirt über den Kopf, ich schaue zu Boden, sehe, wie ihre Füße sich gegenseitig die Socken runterschieben, dann fällt ihre Jogginghose samt blauem Samtslip auf das Häufchen.

»Komm«, wiederholt Grace und lacht.

Ihre Füße laufen an meinen vorbei, die Dusche beginnt zu rauschen.

Ich ziehe unschlüssig an meinem Ärmel. Dann rufe ich: »Ich warte.«

Grace lässt den Fön sinken. »So, jetzt können wir uns anschauen.«

Ich stehe auf und schaue in den Spiegel.

Drei große Flecken um meinen Scheitel herum, der Rest ist noch wie vorher.

Grace' Haare sind komplett dunkel, mit einem leichten Grünschimmer. »Nicht schlecht«, sagt sie.

Die Tür geht auf, und Grace' Mutter sagt: »Oh Gott. Was habt ihr getan?«

Ich falle ihr heulend in die Arme.

Grace grinst herausfordernd und verschränkt die Arme vor der Brust.

47

Am nächsten Morgen sitzt Grace in der Küche.

»Ein ungewohnter Anblick«, sagt Filo. In den letzten Tagen haben wir beide von Grace kaum etwas anderes gesehen als Kaffeetassen mit verkrustetem Rand oder Kleider, die sie vorm Spiegel anprobiert und auf dem Sofa liegen gelassen hat.

»Come stai?«, fragt Filo.

»Male«, sagt Grace. »Con Mars è … finita. Ma – wie sagt man das, Ellis: Ich werd's schon überleben?«

Filo geht zu Grace und nimmt sie in eine ihrer weichen Umarmungen, in denen ihr Halstuch an der Wange kitzelt und man Stunden danach noch nach muschio bianco riecht.

»Ellis wird dich schon ablenken«, sagt sie, sieht mich an, schüttelt den Kopf, als wäre ich ein Kind, das heimlich vom Pudding genascht hat.

Grace wirbelt in der Küche umher. Ein paar Minuten später stehen Rührei, Salat, Toast und Kaffee auf dem Tisch.

»Woher kannst du das?«, frage ich.

Grace zuckt mit den Schultern. »Wenn man Hunger hat, muss man sich eben was zu essen machen.«

Die Küchentür geht auf, Grace' Mutter kommt ins Zimmer, nur in T-Shirt und Unterhose. Ich schaue erschrocken auf meine Füße.

Grace' Mutter folgt meinem Blick. »Greta«, sagt sie dann. »Gib deinem Gast doch ein paar Hausschuhe.«

Dann setzt sie sich an den Tisch und fängt an zu essen. Ich setze mich schnell hin und schaue ihr dann erst wieder ins Gesicht. Es ist schön, obwohl es unter den Augen und an der Nase seltsam geschwollen und gerötet ist.

Grace gießt Kaffee in alle Tassen und geht dann aus dem Zimmer.

»Wie heißt du noch mal?«, fragt Grace' Mutter.

»Ellis. E-Doppel-L-I-S.«

»Woher kommt der Name?«

»Weiß ich nicht.«

»Und woher kommst du?«

Grace ist zurück und hält mir ein paar dicke Socken hin.

»Selbst gestrickt«, sagt Grace' Mutter. »Ich mache dir auch welche, Ellis.«

Ich nehme einen Schluck Kaffee, den ersten in meinem Leben, und warte darauf, dass Grace' Mutter noch einmal fragt, aber sie hat es offenbar vergessen.

48

Sonntagmorgen. Filo und ich holen frische brioche vom Bäcker nebenan, warten.

Irgendwann tauchen nonno und Grace auf. Sie sprechen vertraut miteinander, wie eingehakte Freundinnen oder ein verliebtes Paar, das sich beim Regenguss einen Schirm teilt.

»Du kriegst deine Bühnenbilder«, sagt nonno zu Filo. »Grace und ich sind seit sechs Uhr morgens dran. Nach dem Frühstück geht es weiter.«

»Das sind ja gute Nachrichten«, sagt Filo erstaunt.

Ich stehe vor den bemalten Pappen, Farbgeruch steigt mir in die Nase und damit eine Erinnerung, ich halte mir die Hand vors Gesicht.

»Ich dachte, Ellis wäre die Künstlerin hier«, sagt Filo.

»Ach«, sage ich.

»Du hast früher immer gemalt.«

»Mit vier.«

Filo schaut nicht zu mir, sagt: »Ellis kann euch helfen. Dann werdet ihr noch schneller fertig.«

»Ach, wir schaffen das«, sagt Grace. Sie schaut zufrieden auf ihre Bilder, nonno mit demselben Blick auf Grace.

Filos Blick liegt wieder einmal auf mir, und ich mache erschöpft die Augen zu.

»Tolle Jacke«, sagt Grace. »Wo hast du die her?«

Ich zögere.

»Was – willst du es mir nicht sagen?«

»Aus dem Laden neben dem komischen Café, in dem es keinen Kaffee gibt.«

»Oh, eine meiner besseren Entdeckungen«, sagt sie und fährt sich durch die Haare.

Der Grünstich ist weg, sie sind jetzt einfach nur dunkelbraun, und ganz glatt, jeden Tag fährt sie mit ihrem Glätteisen hindurch und riecht danach wie eine gerade ausgepustete Kerze. Ihre Haare sehen ganz dünn und strähnig aus, aber alle fassen sie dauernd an und sagen: »Wie weich die sind.« Ihre Locken waren auch weich, leicht wie Wolken, das hat nur niemand gemerkt.

Die Flecken auf meinem Kopf sind nicht verschwunden. Ich durfte nicht zum Friseur, Mama hat gesagt: »Seine Fehler muss man selbst ausbaden.«

Deshalb trage ich jetzt jeden Tag den blauen Glitzerlidschatten, in der Hoffnung, dass der ablenkt. Eine Mütze dürfen wir im Unterricht nicht tragen, und Haarbänder bedecken bloß den Teil, auf dem keine Flecken sind.

Am nächsten Montag stehen alle im Pulk um Grace.

»Ist die neu?«, höre ich eine fragen.

»Die ist so cool«, sagt die andere.

Ich gehe um sie herum und starre Grace an.

»Du hast dir meine Jacke gekauft?«

»Wie?« Grace schaut auf meine Jacke.

»Nicht die. Die, die ich letzten Donnerstag anhatte.«

»Weiß ich nicht mehr. Ihr?«

Alle schütteln den Kopf und fahren Grace über den Ärmel oder die Schulter oder ihr weiches Haar.

»Ma queste scenografie … Le ha fatte la tua nipotina?«

Immer wieder sagt Filo: Nein, ihre Freundin hat mit den Bühnenbildern geholfen.

Nein, sicherlich doch ihre Enkelin.

Nein, ihre Freundin: Grace.

Aber ihre Enkelin sei doch so talentiert.

»Quando avevo quattro anni«, sage ich – als ich vier war. Keiner scheint mich zu hören.

Grace schaut abwesend zur Seite, als sie endlich ihr Lob bekommt – nonno steht stolz strahlend nah bei Filo, lobt immer wieder ihr Stück, scheint Grace völlig vergessen zu haben.

Am nächsten Tag steht Grace früh auf, geht in die Apotheke um die Ecke, kauft teures Make-up. Damit deckt sie ihre Augenringe ab.

Dann sagt sie: »Lass uns was unternehmen.«

Wir fahren wieder mit dem Bus in die Stadt. Diesmal weiß ich, wo wir langlaufen müssen, das fühlt sich gut an.

Ich kaufe uns granite. Wir setzen uns damit an den Brunnen auf dem Marktplatz, dorthin, wo ich früher oft mit Chiara saß.

Grace lehnt sich an mich, ihr schwitziger Arm klebt an meinem, so wie vorher unsere Oberschenkel an den Bussitzen.

Wir sehen den Tauben zu, die vor uns auf und ab stolzieren, uns taxieren, abwarten.

»Stell dir vor, du wärst hiergeblieben«, sagt Grace.

Ich nicke und lasse ein Stück süßes Eis auf meiner Zunge zerlaufen.

»Wünschst du dir das manchmal?«, fragt sie.

»Manchmal«, gebe ich zu. »Aber dann würden wir jetzt nicht hier sitzen.«

Grace stellt ihren leeren Becher ab und lehnt ihre Schläfe an meine Schulter.

Den ganzen Tag lang stellt sie die Fragen, die ich mir an den ersten Tagen von ihr gewünscht habe. Trotzdem ist das enge Gefühl in meiner Brust wieder oder noch da, und ich frage mich, warum.

Später im Restaurant versucht Grace zu bestellen, stolpert jedoch über die Worte und stößt mich an.

Ich übernehme.

Der Kellner hört geduldig zu, dann sieht er mich an und fragt: »Siete tedesche?« Seid ihr Deutsche?

Mir steigt Röte ins Gesicht. Ich gehe alles durch, was ich gesagt habe, versuche im Nachhinein die Fehler oder den deutschen Akzent zu hören.

»Sì«, sagt Grace.

Er freut sich, dass er es richtig erkannt hat: »Eh, si sente …«

»Io no«, sage ich. Ich nicht.

Er sieht mich verwirrt an.

»Woran hat er das bei dir erkannt?«, fragt Grace später, als wir von der Bushaltestelle zurück zum Haus laufen. Ich antworte nicht, lausche auf das Geräusch unserer Sandalen auf dem Boden und das konstante Surren der Zikaden. »Du sprichst doch perfekt.«

Ich schaue hoch in den dunklen Himmel, ruhe mich in diesem Satz aus, obwohl ich weiß, dass er nicht wahr ist.

»Wieso hast du ihm nicht einfach gesagt, dass du halb und halb bist?«, fragt sie nach einer Weile.

Ich kann es nicht erklären.

»Sicher, dass es in Ordnung ist für dich?«, frage ich.

Grace lacht. »Wie könnte eine Party nicht in Ordnung sein?«

»Alle werden italienisch sprechen.«

»Umso besser«, sagt sie.

Heute hat sie kein Make-up benutzt, trotzdem strahlt ihr Gesicht.

Es klingelt das erste Mal, Filo öffnet die Tür und verteilt Küsschen.

Bald schon ist die Küche voller Worte.

Alle außer Grace und mir stimmen ein in dieses improvisierte Konzert.

Sie finden einen gemeinsamen Rhythmus: Hört eine auf, setzt der andere an. Manche tönen in Gruppen, gleichzeitig. Andere, wie Filo, stehen für sich. In regelmäßigen Abständen wenden alle sich ihr zu, abwartend, sie hebt die Hand, und alle setzen wieder ein.

Anfangs habe ich den Mund geöffnet, ein paar Mal auch gelacht, aber wie eine, die im Publikum sitzt, spürte ich sie: die unsichtbare Trennung zwischen mir und dem Orchester. Ich bin da, um zuzuhören, zu lernen. Wie Filo mir gerne sagt: »Arbeite mal an deinem Italienisch.«

Als wäre das ein Schuh, den man ausbessern kann, das heißt zum Schuster bringen, ein paar Tage warten, und dann zieht man ihn wieder an, ganz.

Ich schaue zu Grace. Seelenruhig schneidet sie ihre Champignons in Ts und die Ts mit einem sauberen Schnitt in halbe. Hin und wieder blickt sie auf und schaut und lauscht begeistert.

Als am Ende des Abends wieder Ruhe einkehrt, sagt sie: »Das war wunderbar.«

»Aber du hast nichts verstanden.«

»Na und?«, sagt Grace. »Außerdem: ein paar Worte schon.«

»Filo hat angerufen«, sagt Mama. Ihre Augenbrauen schieben sich traurig zusammen und nach oben, noch mehr als sonst.

»Was ist mit dir?«, fragt sie. »Wieso sprichst du nicht Italienisch mit ihr?«

»Vergessen«, sage ich.

»Das kann doch nicht sein«, sagt sie.

»Doch«, erwidere ich.

»Wie ist es?«, fragt Mama. Sie klingt wieder einmal außer Atem. Ich versuche, nicht darüber nachzudenken.

Ich nehme ein paar vorsichtige Schlucke von meinem Thymiantee, der in der Sonne nicht kälter wird, und höre den Zikaden zu.

Dann sage ich: »Papa war drei Tage da. Es geht ihm gut.«

Mama reagiert nicht, doch ich weiß, dass sie das hören wollte.

»Wie kommt Grace zurecht?«, fragt sie schließlich.

»Gut – obwohl sie kaum Italienisch spricht.«

»Habe ich damals auch nicht«, sagt Mama. Das letzte Wort spricht sie kaum aus – sie scheint sich selbst überrascht zu haben.

Vielleicht würde sie den Satz am liebsten zurücknehmen, doch ich greife zu, halte mich daran fest: »Damals?«

»Ich gehörte nie richtig dazu. Selbst als ich gelernt hatte, wie sie zu klingen, erkannten sie mich. Es war, als hätte ich ein nur für sie sichtbares Zeichen auf der Stirn.«

»Wolltest du deshalb zurück?«

»Ich gehöre nach Deutschland. Dein Vater konnte das nicht ...« Sie hielt inne. »Dir geht es doch sicher ähnlich.«

»Woher kommst du?«, fragen sie in der Schule, und ich weiß nicht, was ich sagen soll.

Irgendwann fragen sie nicht mehr, sie schauen nur noch, beobachten mich, sagen Dinge wie: »Wieso fuchtelst du so mit den Händen beim Reden?«

Ich lerne, auf meinen Fingern zu sitzen, bis sie taub sind.

Ich hülle mich ein in die Kleider, die alle tragen – Schlaghosen, Buffalo-Shirts, Chucks. Ich lerne vorauszusehen, wann die Lauteste lacht, lache vor ihr, spüre ihren wohlwollenden Blick wie warmes Wasser, das mir den Nacken hinunterläuft.

Früher war jeder Blick entlarvend, jetzt nicht mehr, jetzt bleiben sie auf der Oberfläche kleben. Ich weiß jetzt, was meine Stärke ist: mich anpassen.

»Was ist das?«, fragt Grace.

Wir sind wieder einmal den ganzen Tag kreuz und quer durch die Stadt geeilt, als liefen wir vor etwas davon.

Ich schaue hoch. Wir stehen in einem Bogengang, dessen Ecken durch die kreuzförmige Deckenwölbung verbunden sind. »Angeblich kann man sich in eine Ecke stellen, etwas flüstern, und die Person an der gegenüberliegenden Ecke kann einen hören«, sage ich.

»Oh, lass uns …«

»Das funktioniert nicht«, sage ich und wende den Blick wieder ab. Vom vielen Laufen fühlt es sich an, als hätte mir jemand gegen die Schienbeine getreten.

»Komm schon«, sagt Grace.

»Da sind sowieso immer zu viele Leute.«

Grace zieht an meiner Hand, bis wir drinstehen. Wir schauen hoch, dann in die Ecken, alle sind belegt von Menschen, die ganz nah an der Wand stehen und wahrscheinlich flüstern, man hört jedoch nur ein paar kreischende Kinder, die um uns herumhüpfen. Ich lache und ziehe meine Hand weg. »Siehst du?«, sage ich.

»Warte.« Grace geht zu allen hin und sagt irgendetwas, plötzlich lösen sie sich alle gleichzeitig von den Wänden und verschwinden, mit ihnen die Kinder.

»Was hast du gesagt?«

Grace grinst und sagt nur: »Stell dich hin, los!«

Ich verdrehe die Augen, stelle mich dann aber doch in die eine Ecke.

»Flüstere etwas«, ruft Grace.

»Was denn«, murmle ich. »Hallo, kannst du mich hören? Kannst du mich hören?«, sage ich und komme mir albern vor.

»Ja, kann ich«, kommt es plötzlich zurück aus der Wand.

Ich drehe mich um, Grace sieht nicht zu mir, aber ich höre sie: »Wahnsinn! Sag noch etwas.«

»Ich bin müde.«

»Ich auch.«

Ich muss lachen. »Lass uns nach Hause gehen.«

»Ellis?«

»Ja.«

»Es ist schön mit dir. Ein bisschen wie früher.«

Ich wende mich ab, wir treffen uns wieder in der Mitte, schauen noch mal hoch, ungläubig. Dann zucken wir mit den Schultern und gehen.

Ich liege im Bett und kann die Augen nicht schließen. Sobald ich es versuche, springen sie wieder auf, als gäbe es irgendetwas anderes zu sehen als Dunkelheit.

Ich versuche zu erahnen, ob es Grace ähnlich geht. Ich lausche, doch das hier ist nicht das Gewölbe von heute Nachmittag: Außer meinem Atem ist nichts zu hören.

An der dunklen Decke über mir laufen Sätze entlang wie ein Filmabspann. Sätze, die ich hätte flüstern können. Sätze, die ich nur hier im Dunkeln denken kann.

Sätze, die beginnen mit »Wusstest du eigentlich« oder »Was ich dir schon lange mal ...«.

Erst nachdem ich sie alle durchgegangen bin, schlafe ich ein.

Die letzten Tage vergehen wie die kurz vor einer Prüfung: mit ständigem Herzflattern und Bauchschmerzen.

Am Abend vor dem Flug machen Filo und nonno pizze im Steinofen. Ich denke, sie tun das, weil sie dann ständig um den Ofen herumhuschen können, anstatt sich zu setzen und darüber nachzudenken, dass ich fahre.

Ich trinke Wein, weil es sich mit Herzflattern und Bauchschmerzen schlecht isst, und erinnere mich an die Schulferien hier, und jedes Mal die Hoffnung, ich würde krank werden, so schlimm krank, dass ich nicht zurück nach Deutschland hätte fahren können.

»Ich will nicht weg«, sagt Grace, und ich nehme ihre Hand, trinke schnell noch mehr.

Filo legt eine neue, nach Basilikum und warmen Tomaten duftende Köstlichkeit vor uns auf das Holzbrett. Kurz denke ich, sie schaut auf unsere verschränkten Hände, dann hat sie sich schon wieder umgedreht.

Wir bleiben so lange wach, bis uns alles juckt vor Mückenstichen, bis wir beinahe einnicken vom Wein und vom warmen Teig, der irgendwann doch in meinen Bauch passte, weil der Wein ihn beruhigt hatte.

Filo und nonno bringen die Teller in die Küche.

Grace hält immer noch meine Hand oder ich ihre.

Wir hören den Zikaden zu, bis Filo ruft: »Denkt daran – morgen früh Punkt fünf Uhr!«

»Sicher, dass ihr das nicht mitnehmen möchtet?«, fragt Filo und hält eine riesige Flasche Olivenöl hoch.

Grace grinst und zeigt auf unsere prall gefüllten Koffer, in die Filo schon mehrere Packungen Mulino-Bianco-Kekse gestopft hat, die in Deutschland als Pulver ankommen werden und die ich mir trotzdem bis zum nächsten Sommer rationieren werde.

»Okay«, sagt Filo und hält die Flasche trotzdem weiter fest. Sie sieht Grace und mir zu, wie wir unseren Kaffee trinken, hin und wieder einen Keks eintauchen, ein Stück Nektarine essen. Sie sieht so ernsthaft zu, als könnte sie uns damit helfen, die Nährstoffe besser aufzunehmen und uns so für die Reise zu wappnen.

»Ich komme noch kurz mit rein«, sagt Filo.

»Nein«, sage ich.

»Warum?«, fragt Grace.

»Ich kann keine Abschiede.«

»Verabschieden müssen wir uns doch so oder so.«

»Dort drinnen ist es aber schlimmer«, sage ich.

Grace zuckt mit den Achseln.

Wir steigen aus, Filo schiebt unsere Hände weg, als wir versuchen, unsere Koffer selbst aus dem Kofferraum zu nehmen.

Dann stehen wir da und schwingen die Arme nach vorn und hinten.

»Wir sehen uns bald«, sagt Filo.

»Nächstes Jahr«, sage ich und meine damit: Das ist gar nicht bald, und Filo weiß es, und sie sagt: »Du bist hier immer willkommen«, obwohl sie auch weiß, dass ich Abschiede nicht kann und schon gar nicht mehr als einmal im Jahr.

Ein letztes Mal zieht sie uns an sich, mich an ihre linke Wange, Grace an ihre rechte, muschio bianco, und dann ist sie weg.

59

Ich bin zurück. Zurück ist ein komisches Wort.

Ich sehe mich im Bus um, lauter Menschen, die genauso gut italienisch sein könnten. Ich schaue nach draußen, stelle mir vor, dass ich vom Flughafen in das Zentrum einer italienischen Stadt fahre. Eine Weile funktioniert das, solange ich die Schilder ausblende – Hinweisschilder, Werbetafeln und so weiter – dann, als die ersten Gebäude auftauchen, wird das immer schwieriger.

Zwei Frauen unterhalten sich nah bei mir, ich höre hin und verstehe nichts von dem, was sie sagen. Ich höre nur »ssss–t–k–zzzz–cht–ts–k–rks–ts«.

Dann merke ich, dass das Deutsch ist. Ich schaue sie an, frage mich, wie sie nicht merken können, wie abgehackt und schlangenartig sie klingen.

Dann, nach einer Weile, höre ich es nicht mehr, alles klingt normal.

Wir stehen in der zehnten oder elften Reihe, vor uns schwingende Haare, hinter uns Bieratem.

Die Band kommt auf die Bühne, alle kreischen, und Grace ruft: »Bon voyage«, wie früher bei Kim.

Das Kreischen ebbt ab und verwandelt sich in Gesang, alle eine Stimme, Grace und ich kennen die Worte nicht.

Grace' Kopf wippt im Takt auf und ab, doch immer nur, wenn sie sich daran erinnert. Oft schaut sie die Menschen um sich herum an oder hoch an die Decke.

Der Biergeruch wird stärker. An mein Bein klatscht immer wieder die Tasche der Frau neben mir, ich rutsche zur Seite, doch da peitscht die blonde Mähne eines Mädchens an meinen Arm.

Mein Blick bleibt an ihr hängen, ihr und ihrer Freundin, sie tanzen ausgelassen, ihre Haare wippen im gleichen Takt. Sie richten ihre Handykameras abwechselnd auf sich und auf die Bühne.

Ich versuche ihre Bewegungen nachzuahmen, gebe bald auf.

»Wollen wir kurz Luft schnappen?«, fragt Grace.

Wir setzen uns draußen vor den Eingang. Hier drückt nichts auf die Ohren, die Abendsonne wärmt uns die Gesichter, und es riecht nach Pizza vom Laden nebenan.

Wir sehen uns an und nicken.

»Werden wir alt?«, fragt Grace und wischt sich Tomatensoße vom Mund.

»Und wenn«, sage ich.

»Es war schön in Italien«, sagt Grace.

Danach schweigen wir ein paar Monate.

»Wir gehen zum Feierabend alle was trinken.«

»… aber was ist mit dem Regenwald?«, beende ich meinen Satz, ohne zur Seite zu schauen.

Die Augen meiner Passantin wandern nach rechts, wo der Kollege steht, ich fixiere ihr Gesicht, bis sie sich wieder mir zuwendet und der Kollege verschwindet.

»War doch klar, dass das nichts wird«, sagt er später, als ich der Passantin hinterhersehe, die den Stift nicht in die Hand nehmen wollte.

»Ja«, sage ich. »Dank *dir*.«

Er lacht. »Schieb's ruhig auf mich, wenn es dir damit besser geht. Kommst du jetzt mit oder nicht?«

»Wohin?«, frage ich und ziehe das grüne T-Shirt über den Kopf.

»Unsere Stammkneipe natürlich«, sagt er.

»Okay«, sage ich, weil ich nicht einmal weiß, wie die Kneipe heißt.

»Du warst noch nicht so oft dabei, oder?«, sagt der Kollege und winkt den anderen noch mal zu.

»Du musst mich wirklich nicht nach Hause«, beginne ich.

Er winkt ab. Auf dem Boden schimmern Scherben, unsere Schritte knirschen in der Stille.

»Ich war noch nie dabei«, sage ich.

Er schaut mich so überrascht an, dass ich mich plötzlich auch frage, warum eigentlich nicht.

Vor meiner Haustür sage ich: »Also dann«, und fühle mich plötzlich wie in einer dieser Liebeskomödien.

Und er sagt: »Schön, dass du mitgekommen bist.«

Ich sage schnell: »Bis Montag«, und umarme ihn, weil die anderen das vorhin auch gemacht haben. Er riecht nach Nachtluft und Rauch.

Als ich wieder loslasse, schaut er mich prüfend zögerlich an wie in diesen Filmszenen, und ich sage noch mal: »Bis Montag«, und verschwinde schnell im Haus.

Am nächsten Morgen riechen meine Haare immer noch nach Simones Bierstübchen. Ich wasche sie nicht, sitze stattdessen stundenlang auf dem Küchensofa und denke darüber nach, warum ich die anderen gestern Abend plötzlich mochte.

Vielleicht, weil sie kein Grün trugen und keine Energydrinks in den Händen hielten und weil sie über Themen sprachen, die alles in mir so locker machten, dass ich danach einfach so ins Bett fiel: ohne Kopfschmerzen, ohne Enge in der Brust.

Ich trinke einen Kaffee nach dem anderen und frage mich, was passiert wäre, wenn der Abend doch geendet hätte wie eine dieser Filmszenen.

»Hier wohnst du also«, sagt Mama.

Sie ist seltsam eingesunken in mein Küchensofa, fast als gehöre sie dorthin.

Ich nicke und weiß nicht mehr, warum sie noch nie hier war.

»Bist du jetzt wieder mit Grace befreundet?«, fragt sie.

»Ich weiß es nicht«, sage ich und gieße uns Kaffee nach.

Mama lächelt. »Das kommt mir bekannt vor.«

»Wie meinst du das?«, frage ich.

»Na ja, bei euch war das immer so – entweder hingt ihr Tag und Nacht zusammen oder ihr habt kein Wort miteinander geredet.«

Ich hole tief Luft. Einmal, zweimal. Dann sage ich: »Weißt du, warum?«

»So schlimm kann es nicht gewesen sein«, sagt Mama.

Ich rühre in meiner Tasse, obwohl es kaum etwas zu rühren gibt.

»Dann hättest du was gesagt.«

Sie sieht mich an, als könnte sie mit diesem Blick bestimmen, was passiert ist.

»Oder deine Lehrerin hätte was gemerkt.«

»Hat sie«, sage ich.

Mama will auch in ihrer Tasse rühren, aber die ist leer.

Also muss sie wieder zu mir sehen. »Und Grace hat mitgemacht?«

»Teilweise«, sage ich.

»Wie kannst du dich noch mit ihr treffen?«, fragt sie.

Ich zucke mit den Schultern. »Es ist lange her.«

»Also hast du ihr verziehen?«, fragt Mama.

Ich nicke und schenke ihr nach.

Zum Abschied umarmt mich Mama so wie ich sie früher, als ich Angst hatte, sie würde sonst verschwinden.

Spätabends rufe ich Grace an und sage: »Hast du Zeit für einen Spaziergang?«

»Umweltsünde«, sagt Grace, als sie noch zwei Meter von mir entfernt ist, und deutet auf das hell erleuchtete Schaufenster, vor dem ich stehe.

»Wie bitte?«, frage ich.

Grace schaut an mir vorbei, als traute sie sich nicht, mir in die Augen zu sehen.

»Warum müssen die nachts das Licht anlassen?«

Ich nicke und frage mich, ob ich Grace irgendwann schon einmal unsicher gesehen habe. Ob sie vielleicht immer unsicher war.

Wir umarmen uns kurz. Ihre Wange ist rau von der kalten Luft.

»Wie geht es dir?«, frage ich.

»Willst du nicht anfangen?«, fragt sie.

Ich schweige, bis wir über die Straße sind.

»Hast du die Taschenlampe dabei?«, frage ich.

Sie zieht eine kleine rote Fahrradlampe aus ihrer Jackentasche. Drückt darauf, zu fest, flimmerndes rotes Licht. »Ups, Disko«, sagt Grace und drückt noch zweimal, bis die Lampe gleichmäßig leuchtet, rot in die zunehmende Dunkelheit.

Wir laufen Richtung Fluss, wieder mal, aber diesmal kenne ich den Weg.

Immer weniger Straßenlaternen, irgendwann gar keine mehr, nur schwarze Äste vor dem seltsam hellen Schneehimmel, der Fluss schwarz vor uns, darauf Eisschollen mit Löchern darin wie Schweizer Käse.

Wir starren darauf, Grace bewegt sich nicht.

»Ich weiß nicht, wo ich anfangen soll«, sage ich.

Sie nickt, hört gar nicht mehr auf damit.

»Lass uns weiterlaufen«, sage ich.

Wir wenden den Blick vom Schweizer Käse ab.

Kurz bevor ich den ersten Schritt mache, sage ich: »Ich hätte dir das schon lange …«

Sie schaut mich jetzt an, mein Gesicht im Halbdunkel, ich weiß nicht, wie viel sie sieht, ihre Taschenlampe hängt an ihrem Zeigefinger und beleuchtet wackelnd den frostigen Boden.

»Warum erst jetzt?«, fragt sie. Ihre Stimme klingt seltsam, wie ein Faden, der so langgezogen wird, dass er fast zerreißt.

»Ich hab es erst jetzt richtig verstanden.«

Sie nickt wieder, dieses komische Dauernicken, am liebsten würde ich ihren Kopf festhalten, ihre Stimme wieder lockern.

Ich höre plötzlich, dass der Wind durch die Äste pfeift, sehe, dass sich die Schollen auf dem Fluss bewegen.

Als ich mich wieder zu Grace drehe, ist sie doch losgelaufen, ganz langsam. »Okay«, sagt sie. Sie reibt sich über die Stirn, die Lippen, kratzt sich unter ihrer Mütze, richtet ihren Jackenkragen, alles, ohne mich anzusehen.

»Du weißt aber, dass ich …«, sagt Grace.

Eine Weile laufen wir schweigend, als wäre alles gesagt.

»Ja«, sage ich und schaue weiter auf die Eisschollen.

Einen Tag später ruft Grace an.

Überrascht nehme ich ab.

»Möchtest du mit zum Tanzen?«, fragt sie. Ich wiederhole ihre Worte im Kopf, versuche den Klang zu analysieren, kann nichts Besonderes entdecken.

In der Umkleide gibt Grace mir ein Paar Leggings und einen Body.

Die Lehrerin ist dieselbe wie damals, dieselbe Armbanduhr, dieselbe adrige Haut, aber wellig natürlich, wie nass gewordenes Papier; jetzt ist sie kleiner als ich.

Wir gehen in die Diagonale, Grace und ich nebeneinander, ich warte auf das Gefühl der Scham, aber es tritt nicht ein, ich vertanze mich, natürlich, aber es stört mich kaum.

Wieder in der Umkleide, fragt Grace: »Und, hast du wieder Lust bekommen?«

»Mehr als damals«, antworte ich. »Aber trotzdem nicht genug. Ich glaube, ich gehe lieber spazieren.«

Ihr Gesicht wird kurz noch röter.

»Ach ja?«, fragt sie. »Ich dachte, du hast es genauso geliebt wie ich.«

Ich schüttle den Kopf.

Auf dem Rückweg redet Grace ununterbrochen, es fühlt sich an, als versuchte sie mit ihren Worten durch eine Schale zu stechen, die sich um mich herum gebildet hat.

Später sitze ich in meiner Küche, trinke eine ganze Espressokanne aus und schaue zufrieden auf die Menschen draußen, die ich einfach nur beobachten kann, ohne sie ansprechen zu müssen.

»Kommst du wieder mit zu Simönchen?«, fragt der Kollege.

Ich sage: »Klar.«

Wir stopfen die grünen T-Shirts in unsere Rucksäcke und laufen los.

»Hey, Ellis.«

Ich drehe mich um.

»Ich dachte, ich hole dich ab«, sagt Grace und wischt sich eine Locke aus der Stirn. Ihre Wangen sind rot.

»Oh«, sage ich und sehe zu dem Kollegen.

»Wir gehen in eine Bar«, sagt er zu ihr. »Komm doch mit.«

»Ach«, sagt Grace. »Ein andermal.«

Ihr Gesicht scheint plötzlich blass. Sie verschwindet.

Am nächsten Morgen weckt mich die Türklingel.

»Ging wohl lange gestern?«, fragt Grace und schiebt sich an mir vorbei in meine Wohnung.

Sie packt knisternd Croissants aus und legt sie auf den Küchentisch.

»Ich mach dir einen Kaffee«, sagt sie.

»Ich glaub, ich muss mich noch mal hinlegen«, sage ich.

Sie sagt: »Setz dich«, und dann: »Wer war das eigentlich gestern?«

»Ich glaub, ich muss mich noch mal hinlegen«, sage ich wieder.

Grace zieht ein Stück Croissant ab und rollt es zwischen ihren Fingern hin und her.

»Setz dich«, wiederholt sie. Dabei sieht sie aus, als könnte sie es nicht ertragen, wenn ich Nein sage.

»Wie läuft's auf Arbeit?«, fragt Grace.

Ich zucke mit den Schultern, sehe mich um. »Irgendwie sieht es hier leerer aus.«

»Meine Mitbewohnerin ist für ein halbes Jahr ins Ausland gegangen«, sagt Grace.

»Oh«, sage ich.

»Sturmfreie Bude«, sagt Grace und lächelt. »Wir können machen, was wir wollen.«

Ich sehe auf die leere Hälfte des Küchenregals.

»Wir könnten eine Höhle bauen«, schlägt Grace vor. »Wie früher. Weißt du noch? Wie oft haben wir eine Höhle gebaut und Mary Poppins geschaut?«

»Stimmt«, sage ich.

Die Matratze schieben wir unter den Schreibtisch, von dem eine Decke zum Schreibtischstuhl gespannt ist. Wir stopfen sämtliche Decken und Kissen, die wir finden können, darunter. Es ist eigentlich viel zu warm dafür.

»Na dann«, sagt Grace und deutet in den Seiteneingang unserer Höhle, aus dem der Laptop hervorblinkt.

Ich husche an ihr vorbei, nehme mit dem Kopf fast das Dach mit. Ich rutsche an den Rand, bis ich Tischbein und Stoff an meiner Hüfte fühle. Trotzdem ist es eng, als sie nachkommt und sich neben mich legt, eng mit dem Laptop zwischen uns.

Grace sieht mich nicht an, sie drückt auf die Leertaste.

Es ist anstrengend, auf den Bildschirm zu sehen, mein Blick will umherschweifen.

Irgendwann nimmt Grace den Laptop auf den Bauch.

»Siehst du was?«, fragt sie.

Ich recke den Hals.

»Ich beiße nicht«, sagt Grace.

Ich rücke ein winziges Stück. »Jetzt geht's.«

Sie fixiert mich und rutscht dabei zu mir, bis unsere Arme beinahe aneinanderstoßen.

Der Film läuft weiter, und ich merke, dass sie an den falschen Stellen lacht. Ich sehe sie von der Seite an, ihre Wangen und Lippen haben das gleiche Rot wie der Stoff um uns herum, sie atmet schneller als sonst.

Grace bemerkt meinen Blick und dreht sich zu mir.

Der Laptop rutscht von ihrem Bauch auf meinen.

Sie klappt ihn zusammen, legt ihn hinter sich.

Ihr Gesicht kommt näher.

Ihre Augen sehen von Nahem viel größer aus. Sie machen mir Angst, diese aufgerissenen Augen, ihr Gesicht, das plötzlich ganz anders aussieht.

Ihre Lippen treffen auf meine, und es beginnt, mühelos, ich scheine vorauszuahnen, was sie tun wird und andersherum, doch ich kann nicht aufhören an diese riesigen Augen zu denken, die jetzt geschlossen sind und fast an meinem Gesicht kleben, lass es aufhören, denke ich und weiß nicht, warum.

»Heute habe ich carbonara gemacht«, sagt Filo. »Dabei musste ich an deine Freundin denken.« Sie rückt ihre Brille auf die Nase. Obwohl das Bild verpixelt ist, funktioniert ihr drängender Blick, zwingt mich, etwas zu sagen:

»Es hat sich geklärt.«

Sie lächelt. »Gut, dass ihr hier wart«, sagt sie.

Ich hole tief Luft und frage: »Was macht ihr eigentlich zu Silvester?«

Filo strahlt in die Kamera.

In meinem Kopf wiederhole ich ihren letzten Satz.

Abends, wenn wir die grünen T-Shirts ausziehen und zu Simönchen gehen, schaue ich nach Grace, obwohl ich weiß, dass sie
nicht kommen wird.

Kurz vor Weihnachten liegt in meinem Briefkasten ein Päckchen. Eingewickelt in Zeitungspapier: ein Gedichtband von Hilde Domin.

»Ich setzte den Fuß in die Luft, und sie trug.«

»Manche Pflanzen entscheiden sich nicht für einen Boden, sie bilden Luftwurzeln«, hat Grace vorn ins Buch geschrieben.

Ich schaue auf ihre Schrift, lange Buchstaben, leicht nach links geneigt. Denke daran, wie ich sie früher studierte, versuchte nachzuahmen. Ich klappe das Buch zu, Grace' Schrift verschwindet vor meinem inneren Auge, es bleiben nur die Worte, die ich mantraartig wiederhole.

Am nächsten Tag haben wir eine neue Mitarbeiterin am Stand: Sara.

»Lächeln«, sage ich. »Das Wichtigste ist dein Lächeln.«

Sie sagt: »Danke.« Und: »Woher kommst du eigentlich?«

»Ich bin italienisch-deutsch«, sage ich. »Hier wohne ich seit fast zwanzig Jahren.«

Nach der Arbeit trinken wir einen Kaffee, und Sara erzählt von ihrer Kindheit in Spanien und dass sie sich heute das Jahr aufteilt – ein paar Monate hier, ein paar dort.

Als ich am Abend nach Hause komme, stehen vor dem Haus kleine Einweckgläser – zu verschenken. Ich nehme sie mit in meine Wohnung.

Am nächsten Morgen gehe ich auf den Markt, kaufe getrockneten Thymian, Rosmarin, Basilikum.

»Ich hab jetzt Gewürze«, sage ich.

»So richtig in Gläsern?«, fragt Grace.

Ich nicke, dann fällt mir auf, dass sie das am Telefon nicht sehen kann.

»Danke für Hilde Domin«, sage ich.

»Nichts zu danken«, sagt Grace.

Ich hole meinen Koffer aus dem Keller. In einer Seitentasche finde ich eine zusammengequetschte Tüte Mulino-Bianco-Kekse.

Während des Packens esse ich sie alle auf und denke an die Reise mit Grace, an mein Gefühl der Erleichterung, als wir mit dem Flieger abhoben, beim Anblick der scheinbaren Übersichtlichkeit der Welt unten.

Mit dem letzten Keks stelle ich mich ans Fenster, rolle die Jalousie ganz bis nach oben hoch und schaue in das schmale Stück Himmel: Schwarze Vögel fliegen scheinbar chaotisch kreuz und quer durch das Grau.

Bibliografische Information der Deutschen Nationalbibliothek

Die Deutsche Nationalbibliothek verzeichnet diese
Publikation in der Deutschen Nationalbibliografie;
detaillierte bibliografische Daten sind im Internet
über http://dnb.d-nb.de abrufbar.

© Wallstein Verlag, Göttingen 2022
www.wallstein-verlag.de

Vom Verlag gesetzt aus der Bembo
Umschlaggestaltung: Eva Mutter (evamutter.com)
Druck: Pustet, Regensburg

ISBN 978-3-8353-5152-3